芭蕉飕飕

◎ 尹明善 著

生活·讀書·新知 三联书店

Copyright © 2020 by SDX Joint Publishing Company.
All Right Reserved.

本作品版权由生活·读书·新知三联书店所有。
未经许可，不得翻印。

图书在版编目（CIP）数据

芭蕉飕飕 / 尹明善著. -- 北京：生活·读书·新知三联书店，2020.8
ISBN 978-7-108-06814-9

Ⅰ.①芭⋯ Ⅱ.①尹⋯ Ⅲ.①随笔 – 作品集 – 中国 – 当代 Ⅳ.① I267.1

中国版本图书馆 CIP 数据核字 (2020) 第 057707 号

策　　划	知行文化
责任编辑	马　翀
装帧设计	陶建胜
责任印制	卢　岳
出版发行	生活·讀書·新知 三联书店
	（北京市东城区美术馆东街22号）
网　　址	www.sdxjpc.com
邮　　编	100010
经　　销	新华书店
印　　刷	北京隆昌伟业印刷有限公司
版　　次	2020年8月北京第1版
	2020年8月北京第1次印刷
开　　本	635毫米×965毫米 1/16 印张 17.25
字　　数	177千字
印　　数	00,001—15,000册
定　　价	68.00元

（印装查询：010-64002715；邮购查询：010-84010542）

目 录

自序 纵芭蕉，不雨也飕飕……………………001

一、芭蕉飕飕

小儿夜哭，请君念读……………………003
儿时乡夜灯火烛……………………………006
米汤浆衣裳，乡女也讲究………………009
春雨夜行……………………………………011
巴人说巴……………………………………013
人生几度中秋………………………………018
我的三个国庆节……………………………021
一个少年的抗美援朝………………………025
一个外国人之死……………………………029
草鞋没样，越编越像………………………033

质量从地里抓起..........036

夜路..........038

说天花..........043

救人无须度量衡..........047

薄衣残冬..........050

我的芳华,我的1959!..........053

倏然忆老娘,欲语泪双行..........057

愧煞书生不识花..........060

未晚先投宿,鸡鸣早看天..........065

与尼众共进斋饭..........068

过节..........071

回首往事..........075

《延禧攻略》为何大火?..........078

两个陆焉识..........080

春去秋来颜色老..........084

燕子和乌鸦..........087

又见麻雀..........091

戊戌又重来..........094

好想跳舞..........096

不如跳舞..........099

人人心里都有伤疤..........102

三悟"修行"..........104

心结..........108

冬至说至..........111

美育和美盲..........113

真假与善恶..........117

真永远比假美..........119

爱情有几条命..........121

打把剪刀送姐姐……………………124
给路边摊留点生意………………127
那些年出境好难…………………130
越南人爱喝咖啡…………………133
放空自己…………………………135
难得说回"低"…………………137
小病从医，大病从亡……………139
减疼去痛与救死扶伤……………142
自愈自净颂………………………145
循环轮回…………………………148
返乡方知儿时淘…………………152
满山绿茵青菜头…………………154
重返道宗村………………………156
年关………………………………160
本色风流…………………………163
一次"蝴蝶效应"………………166
少数人不"少"…………………169
宽容的电影院……………………171
懂得欣赏…………………………174
当过匠人，向往诗人……………177
老来三玩…………………………180

二、谈音乐

音乐没必要懂，你喜欢就好……………185
比较歌曲与纯音乐………………………188
欣赏，从标题音乐起步…………………192
故乡，只需要轻轻的一声唤醒…………196

在重庆听交响乐…………198
挡不住的美　压不倒的情…………201
说说传统音乐…………204
呼唤圆舞曲…………208
情歌有九条命…………211
走好，钢琴女神!…………215

三、旧重庆往事

伟人卢作孚的民间传奇…………221
过河船…………224
门神…………228
九根毛…………231
水烟…………234
比期…………237
街卖和街唱…………239
童子军…………242
马车…………245
桥洞…………249
城中小溪…………252
标准钟…………255
解放了!…………258

后记…………265

自序
纵芭蕉,不雨也飕飕

小时候,老家后院有一簇芭蕉,七八株,依墙而立,叶鲜茎粗。老株枯去,嫩株吐芽,谁都不知道它们活了多久。不用浇水,不用施肥,不用培土,自生自灭,在众多植物中,芭蕉最是普通平凡不过。

少不更事,不知其好。只觉得它四季常绿,叶大若巨扇,别致好看。还发现它有一用,蒸粑粑时用它的叶子作外皮。芭蕉叶柔软服帖,做粑皮无须绳索捆绑,无须竹签别紧,操作简便,还能赋米粑、苞谷粑以清香。

上中学时,偶尔听到了广东丝竹乐《雨打芭蕉》,真好听!仿佛儿时雨中倚门听蕉的情景。琵琶的轻弹重拨,依稀如大小雨珠敲击蕉叶。琵琶的扫弦和乐队的烘托,仿佛风雨中芭蕉摇曳声飕飕。好喜欢那雨,好喜欢那蕉。

后来读到南宋词人吴文英的《惜别》:

何处合成愁。

离人心上秋。

纵芭蕉、不雨也飕飕。

都道晚凉天气好，

有明月、怕登楼。

…………

亦如芭蕉无雨时，升斗小民，无赏无罚也会唱山歌，哼小曲，话桑麻，唤儿孙，吟风月，笑江湖。如本集中的呢呢喃喃，呶呶叨叨。

苟小民，无事常絮絮，

纵芭蕉，不雨也飕飕。

2018年12月28日

一、芭蕉颼颼

小儿夜哭,请君念读

——故乡民俗

小儿夜哭,

请君念读。

小儿不哭,

谢君万福。

我识字之初,五六岁吧,有一天见到街上的柱头、墙壁都贴有许多纸帖,都写着上面那十六个字。

"细伯(母亲),是哪个人贴的那些纸条?大街上我看见好多张呢。"我问。

"什么纸条?"

"写着什么小儿夜哭……"

"哦。那是有一家人,有个小娃娃晚上哭闹不休。一家人睡不安宁,只好在街上张贴这样的帖子,希望过路人停下来念一念。"

"过路人念了有用吗?"

"都说有用。众人念了就是众生为小娃娃祈愿,菩萨会保佑那小儿夜晚不再哭闹。"

"为什么那家人不留名姓?"

"请君张口,善愿由人。不留家门,不烦邻人上门劝慰。"

从此,我路见这种祈人相助的纸条,一定会随口念读几遍。我看见路人有停下来念的,更多的是看一眼后,未停脚步,且行且念"小儿夜哭,请君念读……"

那时,邻里间是乐意相助的。我们街上只住有四五百户人家,却修了一间叫花院,住有十来个叫花子,让他们也能遮风避雨。从未听说有叫花子饿死冻死的事,可见他们乞讨时总有乡里打发。

我六岁多读私塾时,有天上厕所,一个中年妇女半路拦住我,请我把尿撒在她碗里。我惊慌得不知所措。

"我男人病重了,太医说要用童便作药引子。你妈尹大娘是个善人,时常周济我们。你也会帮忙的,对不?"说毕就把碗伸到我的裆下。

"你把碗给我。"我长大了,早就不好意思当着人面撒尿了。接过她的碗,在厕所里我按她的要求,去掉两头把中段的尿撒进那碗里。

"多承你,尹老九!"我们老家不说"谢谢"说"多承"。无功受禄,我把碗递给她时都不好意思看她,三步并作两步跑回私馆。

互相帮衬最令人难忘的是乡下的"圆佛"。街上有人家办丧事了，往往请道师来做道场。晚上要"圆佛"，属于道场法事的一部分。四五位道师敲着法器走在前面，在街上转圈，一般走成直径十几二十米的椭圆圈。孝子们跟在法师后面走，街坊、邻居、过路人等都自发地来参加，跟在孝子后面转圈行走，口中念佛。据说圆佛是为死者祈祷，也是为自己积德。家长不反对我们小孩去参加。丧家只给每个参加者一支点燃的香。一位道师领诵，全体应声合诵。合诵词只有一句："佛——，南无阿弥陀佛！"道场音乐多半词哀曲美。

（领）三天不吃阳间饭啦，

　　　四天就上了望乡台哟。

（合）佛——，南无阿弥陀佛！

（领）望乡台上一张望呀，

　　　看见儿女哭哀哀哟。

（合）佛——，南无阿弥陀佛！

夜空中，百十来人混声佛唱，长声吆吆，哀声连绵，悲悯庄严。我被一种莫名的力量吸引着，真诚同情，赤诚哀悼，忘了奢求，忘了戾念。男女老少同声同气，我们这些调皮小孩也规规矩矩跟着大人们转圈，吟诵这庄严和谐的无伴奏佛唱。

君子之交淡如水，邻里往来有时水都没有。那时那地那民俗。

2018年3月17日

儿时乡夜灯火烛

民国晚期的乡场，夜晚没有街灯，月黑头①时亮火虫②也分外抢眼。偶有灯笼闪闪，走来了打更匠；偶有火把烁烁，是夜行人事急奔走。人们日出而作，日入而息，为了省去照明的灯火烛，大都早早睡去，老年人起夜③多半也是打黑摸④。

但是总是有一些人入夜未眠，外当家算账，内当家赶女红，娃娃读书，酒肆、茶房吃酒喝茶摆龙门阵⑤，都需要灯火烛照明。

那时节最高档的照明是点电灯。有烧洋（煤）油的小发电机组发电，可供一家或多家照明。我家有这个财力，但舍不得花这个大钱。老家新妙场的几家大户，都有这个财力也都没点电灯，而离我们不远的长江边的蔺市镇就点了。

次佳照明应是烧洋油的煤气灯，该灯有打气装置使煤油气态燃烧，照明度至少有600瓦白炽灯那么亮，可供庙里夜场唱川戏、演新剧和茶馆打玩友⑥时之用。镇上新发达大商户周、李两家有煤气灯，他们也只在大喜庆的日子才点点。

又好又多的是桐油灯，因新妙盛产油桐。酒肆茶坊的桐油灯叫亮油壶，像茶壶一样有肚有嘴，公共场合多是三嘴或四嘴。中等以上人家也多用桐油灯，家用灯只有一嘴，或一股灯芯包含两三根灯草。我父母的主卧室也点它。桐油灯的优点是少烟无味，亮度可由灯草的多少来调节。我家主卧灯通常三根灯草，大伯（父亲）入睡前拨成一根，方便他微光入眠和起夜时照明。一根灯草，一灯如豆；一根灯草，一盏天明。

最普遍的照明是松油烛，雅号松明。我家除主卧室外的照明全用它，场上多数家庭都用它。松油烛长约四十厘米，直径约略小于一厘米。烛体是一根竹签，签面上包有一层草纸，起到烛芯的作用，外面凝固着一层松油（松香）。因为竹、草纸和松香这三种原料我家乡盛产，还大宗外销，故松油烛价格非常相应⑦，穷人也买得起，烛光也亮但冒黑烟。

我们家虽宽裕却不去集市上买松油烛，反而自产自用。松油烛的竹签请人来划⑧竹自制。我们乡下把雇人称为"请人"。起烛芯作用的草纸截成约一厘米宽的长条，螺旋形缠绕在竹签上，收头用"饭粘"粘住。那时我们黏合东西不像现在用胶纸、胶水或者糨糊，大多数场合都用"饭粘"——新鲜的软和的米饭粒。我们小学生糊风筝、做手工也用饭粘。我家有口铁锅专用于浇松油烛。把松香高温熔化成热松油，把裹好草纸的烛签在松油锅里滚一两圈，浑身就裹满了约一两毫米厚的松油涂层，出热锅后在空气中冷却一两秒钟就牢牢地凝固在竹签上。竹签一端约十厘米长不裹纸、不浇油，方便手持或插固。一支松油烛这样就造好了。我家每一次都浇数百支，可用两三个月，比起去集市上买成品松油烛，可省一些开销。

我从小喜欢搞好⑨,制松油烛时也想去弄弄。大约四五岁起,我就和我细伯一起裹纸条,一起在滚烫的松油锅里给烛签浇松油。我细伯好惯侍⑩我,那时我个头还够不着灶台烧油,她便给我垫上一个小板凳扶我站上。熔化的松油温度奇高,一小滴滚烫的松油可把皮肤烫一个大泡。细伯紧贴在我身后,双手扶着我的两只小手操作,生怕烫伤了她的幺儿。她把节俭和手巧传给了儿女。

儿时乡夜灯火烛,我偏爱松油烛,有时还偷偷用它来耍火⑪,因为那烛是我浇的。

2017 年 8 月 27 日

注:
① 月黑头:没有月亮的黑夜。
② 亮火虫:萤火虫。
③ 起夜:夜晚醒来上卫生间。
④ 打黑摸:夜里无照明行动。
⑤ 龙门阵:故事。
⑥ 打玩友:坐唱川剧。
⑦ 相应:便宜。
⑧ 划:念花,意为破。
⑨ 搞好:乱插手,"好"念一声。
⑩ 惯侍:将就、无条件地顺从。
⑪ 耍火:玩火。

芭 蕉 飕 飕

米汤浆衣裳，乡女也讲究

民国时期乡下没有电，也就没有电熨斗。火熨斗也少用，因为烧杠炭麻烦还花钱。但是，赶场天街上人来人往，小学里师生集会，娶媳嫁女的宴会宾主，一个二个穿得抻抻抖抖，有棱有角，像模像样。素则素焉，美则美矣。

我老家新妙场周围的堰塘小溪，天天总有许多姑娘、媳妇在洗衣裳，不分晴雨，不论寒暑。搓衣板、捶衣棒是她们的标配。宽家洋碱（肥皂），窄户皂角，连皂角都没有的就多捶几下，多搓几把。她们大多把裤脚挽至膝上，露出小腿，或站水中，或跪水边。捶衣棒起落，捣衣曲声声，伴着喧声笑语，是我家乡一道亮丽的浣纱美景。

奇怪的是没有熨斗烫，衣裳也平整，那是用米汤浆的。彼时我老家一带做米饭的习惯都用甑子蒸，这就要先漓米，得副产物米汤。米汤食可养人，浆可抻衣。浆衣是每个女孩从小被训练的操持，关键是米汤浓度的掌握。稀了衣裳不抻，浓了衣裳僵硬。衣都浆不好的女子嫁出去都难。记得隔壁潘家，吆马为生，常常没有米饭吃，潘大嫂不时来我家讨米汤。

乡下女子的讲究远不止洗衣浆裳。她们的辫子、发髻、短发、刘海会梳出许多花样。茉莉花、黄桷兰、红头绳是她们头上的点缀。打碗子①手串、指甲花染甲，绣花布鞋是她们的素雅打扮。用两段棉线，香粉润滑，绞去脸上汗毛叫开脸，开脸后的光泽不亚于当下时髦的美容。女红争奇斗艳，绣花鞋、绣花枕、绣花布帘、绣花手绢、绣花荷包、绣花毽子显出她们的才艺。家务、女红、厨房、厅堂是女儿们的身价。听我妈妈说过，早年相亲不能见人，但婆婆娘多半要审查未来媳妇的巧手女红。

我家大姐和幺爸家二姐，两姐妹长于女红，描绣裁缝，远近闻名。加之模样端庄，衣着得体，为我们家族增添荣光。民国时期，女子上学也很常见。那月蓝色的中式短衫配黑裙白袜，已被誉为我国百年来最美的校服。我小学班上金花远不止五朵，七十多年了，她们的模样记忆中已有些模糊，但打扮之素雅，穿着之入时，似乎比新时代我的中学同班女生更讲究。她们是我不逃学的一丝牵绊，是我童年温馨的一绺记忆。我四邻勤劳的女孩、姑娘、媳妇，少有娇娇滴滴，难见臃臃肿肿，一个二个身材健美。乡女重组了人们的乡愁、乡恋。乡下女子如菊、如兰。

至于乡下男人——屋里有怎样讲究的女子，屋外就有什么模样的男人。

2018 年 4 月 16 日初稿，2019 年 3 月 19 日修改稿

注：

①打碗子：一种野草，学名草珠子，结籽约黄豆大小，坚硬光亮。乡下女子用作手串，成本仅是一段棉线。

芭蕉飕飕

春雨夜行

老年退休后,清晨在小区漫步安享清闲。一连五六天了,天天夜里下雨,幸而天天到早晨雨就停歇或式微,出门可以不带雨伞。从小我就留意到,重庆一带常常春雨夜下昼停,当初还以为自己发现了"新大陆"。读书后才知晓,远在唐朝,诗人李商隐的《夜雨寄北》,就让"巴山夜雨"知名神州大地。惭愧!

杜甫吟"好雨知时节,当春乃发生";百姓说"春雨贵如油,夏雨遍地流",人们都喜欢春雨。因为春天万物生长需要雨水,尤其播种育苗更需要。江南大众以稻米为主食,春天水田蓄水不及三五寸,秧子都栽不下去。我们当娃娃时,每逢春雨,都会在雨坝坝里欢呼跳跃:"天老爷,落大雨,保佑娃娃吃白米!"不用雨具遮盖,任春雨抚摸我们的娃娃头,逗得爹娘又气又笑。

再金贵的春雨,白天下也会给人带来许多不便。

少年时代上初中时,我们宿舍和教室总有一段距离。那时学生普遍穷,有撑花①(伞)的不过十之一二。逢小雨,我们硬着头皮雨中疾行;遇大雨,随便找个什么物件顶在头上奔跑。春雨淋不倒少年,也让少年特烦恼。学校春季运动会那两天撞上白天下雨，我们这些体育迷恨不得抱石头打天！

　　青年时在农场劳动，若逢白昼春雨，我们都得头戴斗笠，身披蓑衣，冒雨下田。春种秋收，春天是农忙季节，犁田耙田，播种栽秧，抢农时半天也不能耽搁。春雨浸泡着农民、农工的忙和累。布谷声声春雨降，水珠点点蓑衣泪。

　　壮年创办企业。逢白昼下春雨，也令我们发愁。修建房屋、安装设备、货物运输、车辆路试，等等，都会给企业带来实实在在的损失。滴滴下，点点失。

　　老来好旅游。春日结伴踏青赏花，若逢白天下雨，错过美景良辰，气坏老头老妪。牙齿不关风了也要破口大骂："哪个龟儿子把天戳漏了！"

　　重庆一带，春雨常常夜下昼停。春雨夜行滋润万物，春雨昼伏尘埃洗净，空气清新，方便人们学习、生产、出行、运动、游乐、赏花、约会。好个重庆城，山高路不平。重庆人出门就得爬坡上坎，地不利；重庆春雨昼伏夜行，天知时。这也许是上苍对重庆人的补偿，我们巴人好有福气。

　　　　春雨夜间行，
　　　　滋润万物生；
　　　　幸哉白昼停，
　　　　天悯苦巴人！

2018 年 5 月 12 日

注：

①多说一句，巴人称伞为"撑花"，你说是俗称还是雅称？

芭 蕉 飕 飕

巴人说巴

> 君问归期未有期，
> 巴山夜雨涨秋池，
> 何当共剪西窗烛，
> 却话巴山夜雨时。
>
> ——李商隐《夜雨寄北》

写山，写夜，写雨，写离情别意，还有比这首诗更美的吗？

我听着巴山夜雨长大，纯净了我稚嫩的心灵。我吃着粑粑下盐巴白水菜，穿补巴衣成长，朴素了我平生的欲念。我们巴人、巴心、巴肠爱这一方故土，所以说什么都离不开说巴。

先说食吧。原始人渔猎为生，因为有了盐，才能把吃不完的肉腌好贮藏，人类才开始有了财产、私产。盐是人类进步的灵药。估计盐最先产于巴地，故得名盐巴。巴人吃的糕饼统称为粑粑：米粑、麦粑、苞谷粑、高粱粑、糍粑、叶儿粑、锅巴……粮食生长的泥土我们叫它泥巴。巴人挖苦趋炎附势之徒曰："不想吃锅巴不会去锅边转。"祭祀时法师喝道:"桌子高上一令牌,粑粑豆腐端出来!"

再来说衣。巴人节俭,衣服破了打上补丁再穿,称为补巴。衣裳合身称为巴巴适适。我贫穷的当年,学会了拈针走线,补的巴巴伸伸展展,不会皱皱巴巴。

住呢,我曾住过茅草棚棚笆笆门,篱笆作墙。那年,我也曾半间笆屋作新房。

再说语言。用巴的话语生动诙谐,比如用巴描写人,哑巴、结巴、倔巴、乡巴佬、叉巴女娃子[①]、黄泥巴脚杆[②]。你把巴字换成别的字试试,绝对会少了生趣!国人常把巴字用作器官的后缀,如嘴巴、尾巴、鸡巴、下巴、肋巴、疤疤、光巴胴。听来清脆,恐怕都最先出自我们巴人祖先之口。真不知淋巴是怎么取的?!

再谈秉性。巴人勇敢善战,被称为神兵。史称"周武王伐纣,实得巴蜀之师"。秦始皇统一天下,巴人雇佣兵战功卓著。今人身上受伤之处不叫伤块、伤结、伤点而叫伤疤,疤痕累累,想来是因为不下火线的受伤巴兵太多引申而来的。猜想有人看见那受伤的巴兵,称赞道:"你看那些伤巴!"

巴人能歌善舞。"巴人能唱本乡歌"(刘禹锡),先人有歌名《下里巴人》。别说它俚俗,有人高唱则"和者数千"。达县歌舞团表演过一个舞蹈,名叫《巴山背二哥》。巴山上哥情妹意,看得我如痴如醉。

尚武巴人的另一面是诚笃敦厚,柔肠百结。故有老实巴交、可怜巴巴、吃哑巴亏、巴望等词。人的一生巴心不得有巴心巴肠的朋友和有巴心巴肝的伴侣。

芭 蕉 飕 飕

再说说巴地。古有巴国，在夏商时期。后来巴人不甘商朝的压迫，大约于公元前11世纪，参与周武王伐纣。巴之辖地包括今重庆全境、四川东北部（如巴中）、湖北西部（如巴东）。

谈到巴人，这里地灵人杰，不乏伟人、名人。

伟人：邓小平、朱德、刘伯承、聂荣臻、赵世炎。

名人：巴寡妇清（战国时富豪）、巴蔓子、卢作孚。

明星：刘晓庆、李云迪、陈坤、邓婕、陶红、蒋勤勤、殷桃、陈琳。

巴山壮美，巴人多情必有诗词吟诵。前头已引李商隐，再荐几位名家的佳句。

闻官军收河南河北

（唐）杜甫

……

白日放歌须纵酒，

青春作伴好还乡。

即从巴峡穿巫峡，

便下襄阳向洛阳。

酬乐天扬州初逢席上见赠

（唐）刘禹锡

巴山楚水凄凉地，

二十三年弃置身。

……

沉舟侧畔千帆过,

病树前头万木春。

……

竹枝词二首·其二

(唐) 刘禹锡

楚水巴山江雨多,

巴人能唱本乡歌。

……

巴女谣

(唐) 于鹄

巴女骑牛唱竹枝,

藕丝菱叶傍江时。

不愁日暮还家错,

记得芭蕉出槿篱。

南乡子·好个主人家

(宋) 辛弃疾

好个主人家。不问因由便去嗏。病得那人妆晃了,巴巴③……

在下一生,巴巴。少年主食苞谷粑,青年浑身是伤疤,老来享受糯糍粑。

芭 蕉 飕 飕

题外话：无巴的巴情

不含巴字而写巴山、巴水、巴情的诗词更是数不胜数。如众多的《竹枝词》就是巴渝民间歌谣。我最喜欢的是刘禹锡写于奉节的这一首天下第一竹枝词：

杨柳青青江水平，
闻郎江上踏歌声。
东边日出西边雨，
道是无晴却有晴。

要是诗人把"江水"写为"巴水"，我们巴人真要给他三跪九叩了。

2018 年 2 月 19 日

注：
①方言，调皮丫头。
②方言，农夫。
③方言，意为可怜巴巴。

人生几度中秋

大约三四岁时，有一天母亲告诉我，那天是农历八月十五，叫中秋节，过节要吃月饼、糍粑。这是我平生第一次听说中秋，有粑粑饼饼吃，巴不得天天过中秋。

五六岁了，参加了中秋节娃娃们玩香龙游戏。手举一根三四尺长的竹棍，顶端插上一个橙子（柚子），橙子全身插满了点燃的香，焚香祭天祈福。在中秋夜的月光下，香火星星点点，好像众多的亮火虫在飞舞，又像无数的繁星在闪烁。

那时，川人吃的月饼有三种，主食麻饼，另有苏饼和广式月饼。三种都做成圆形，寓意月儿圆、家团圆。当下有商家把月饼做成四方形、六角形，令月饼痛失神韵。

小学时，老师给我们讲月饼的由来。元朝统治者怕老百姓造反，只准十户人共用一把菜刀。百姓恨之入骨，便相约于中秋之夜起事。组织者便在每个月饼烘制前藏进一张小纸条，上书"中秋夜，杀鞑子"，杀掉朝廷派来的异族官吏——鞑子。为纪念这次起义，便有中秋节民俗吃月饼。后来我查史料，才知中秋节始于上古，定型于隋末唐初。杀鞑子吃月饼不过是快意恩仇的民间传说。

芭 蕉 飕 飕

新中国不过旧节,我的中学六年都不过中秋。风俗像野草柔弱而坚韧,践踏易,根除难。学校食堂到中秋晚饭也加个菜,街上也卖月饼。1954年我16岁,中秋恰逢周六,我们班只有四个穷男生留校。晚饭后我们上街闲逛。在双巷子糖果店前,橱窗里的广式月饼钉住了我们的脚步。不知是谁喊出声来:"我们凑钱买一个吧!"话声刚落,四个人就立即翻口袋,居然凑齐了一个广式月饼钱,两千元(等值于现币两角),比一场电影一千五元还贵。我们请店员拿刀切成四瓣。那店员一看就明白我们是街对面重庆一中的穷学生。他仔细地切,相当平均。走出店门我就说:"今晚我们来比赛,看谁吃得慢。每一口都必须咬一点!""要得!"四人哄笑起来。人同此穷心,心同此穷理。

　　那晚月亮分外明亮,我们赏月吃饼回到宿舍。不觉到了熄灯钟响,每个人的月饼还没吃到一半。我们余兴未尽,趁着窗外的月光继续边吃边聊,估计已过了十一点,每个人的月饼还剩三分之一有余。我如约每一口都用门牙刮下一点点,不嚼,只在口腔里慢慢地搅来搅去,把它的香味、甜味吮尽。我怕耽误了次日的学习,说:"难得我们过了这么愉快的一个中秋节!太晚了,睡了吧。慢吃月饼比赛四人并列冠军。大家把剩下的月饼一口吞了要得不?""要得!"四个中学生不约而同地扬起头,张大嘴,把剩下的月饼夸张地丢进嘴里。

　　三十多岁时我有了儿子。家贫如洗,中秋节只买了两个麻饼。儿子吃一个,夫妻共吃一个。谁吃大半?夫妻俩微笑着推来推去。穷家小户中秋也乐。

　　改革开放后,传统风俗不请自回。月饼品种多,质量好,包装富丽堂皇。原来几元一盒的月饼,短短一二十年上升到一盒几十元、几百元,甚至几千元!泛滥的送礼,尤其是给官员送礼的大潮,推动了月饼市场。像我们这家企业,送领导、发职工,每年中秋要花几十万元月饼钱,负担不轻。月饼变味了,中秋节也变味了。一直到"八项规定"出台后,月饼市场才恢复正常。

2008年,国务院决定把中秋节纳入法定假日,文化氛围渐浓。每逢中秋,短信、微信满天飞,旧诗、新词遍地传,数亿微客皆李杜。2015年我在国外过中秋,恋乡、恋亲、恋友,也情不自禁地咏月寄相思。

海外月下逢中秋,
异乡异客萌乡愁。
华年喜听"彩云追",
儿时追唱"我也走"。

思乡默念"举头望",
念旧低吟"几时有"。
此生此时幸平安,
叩谢扶余众亲友。

乙未仲秋加州

人生几度中秋,中秋所为何来?中秋节,时逢不冷不热美食节,又遇秋天秋收好光景。人们相约这一天团圆、思亲、赏月、品美食。让劳累的一年放松一日,让苦难的一生快活一天。

红尘多苦,人啊,你们要自求多乐,莫负了月儿圆圆的中秋!

写于戊戌仲秋

芭 蕉 飕 飕

我的三个国庆节

一、偷听北平"敌台"

1949年秋,我二哥在重庆南岸四公里西南中学(校址在今重庆第二师范学院)教书,我也随兄在该校就读。那时我仅11岁,我二哥叫我住在他的寝室里,方便照顾我。

10月1日晚,我年纪小,瞌睡大,早早入睡了。

"弟娃,弟娃,醒醒!"我二哥边摇边喊把我弄醒。

"什么好听的歌?"我诓眉诓眼地问二哥。他有部五灯真空管收音机,就像今天有辆兰博基尼跑车一样稀罕。哥俩都喜欢音乐,我"命令"我二哥,他听到什么好听的歌,一定要叫我,哪怕我睡着了。不然,我饶不了他。

"快听那边的广播!共产党在北平建国了,国号叫中华人民共和国。"我二哥那年22岁,是个进步青年,买这个昂贵的短波收音机,原因之一就是为了收听"敌台"。电波有较强的干扰声"啾——,啾啾——",但也大体能听明白。北平的电台在播放庆祝游行的口号声、欢呼声,播音员在播放新闻。那年头,我二哥不时偷偷地给我讲些国家大事。国民党腐败透顶,气数已尽,共产党必将掌权,中国必将走上民主富强的道路。

"去买盅花生米来吃!"兄弟俩每逢喜事就买一大盅盅①五香花生米之类来边吃边庆祝。每次都是由我去学校小卖部买。那一晚我俩吃到深夜,我哥又给我讲了一些关于共产党的故事和新闻。

第二天,我还沉浸在兴奋中,好想告诉我的几个好朋友,可我哥千叮咛万嘱咐:"不可对任何人讲!"三五天后,小孩子的我实在憋不住了,便偷偷告诉了班上最好的两个男生。谁知他们都知道了。国民党那时已丧失民心,人人都盼望改朝换代。

二、举着铅球游行

1954年10月1日,国庆五周年,逢五逢十是大庆,重庆市各界举行庆祝大游行。那年我16岁,在重庆一中念初三。我学习努力,成绩优异,坚信祖国的富强会给我远大前程。我怀着饱满的热情去参加国庆游行。

凌晨五点,学校的起床钟声提前敲响。校广播站播放着《骑兵进行曲》。六点整,游行的师生们步行出发了,我们一路欢笑一路歌。恰逢黎明时分,晨光熹微,东边天际由鱼肚白渐现红光,我们的生活正如这越来越艳的朝霞。近十公里路我们花了两个小时到达了上清寺重庆六中(今求精中学)集合地。游行所需的旗帜、标牌、服装、道具已先期运达。队伍安排停当后八点半出发向解放碑行进。

芭 蕉 飕 飕

全市的学生队伍由我们重庆一中打头，重庆大学殿尾。最前面是身体好、学习好、工作好的三个方阵，每个方阵120人。那时我已身高1.75米，被选入身体好方队。不知因身高还是因模样，我被编入了方队第一排。方队临时配发了运动装、背心、短裤，每人手持一件体育用品，篮球、足球、标枪之类。领队的体育老师是我的班主任蒋自若。由他给身体好方队的同学分发体育用品。他走到我跟前把一个黑不溜秋、圆溜溜的16磅铅球给了我。所有体育用品中铅球最重，无把、无孔、无绳最难携带。蒋老师把铅球递给我时特别地用目光向我示意，我立刻明白了："我是你班主任，这个最难伺候的铅球不交你交谁？"

我为被师长信任而感到荣耀。那年月，我们真有哪里需要到哪里去的自觉。那天，我举着沉重铅球，左手右手地换来换去，不以为苦，还暗自庆幸。行走十多公里的十多万人的队伍中，我一定是最吃力又最自豪的人之一。

三、天安门观礼

2009年，国庆六十周年。天安门广场举行大阅兵、大游行。改革开放三十一年了，私营企业主有了一个光彩的称号：中国特色社会主义事业建设者。党中央决定选拔五十名优秀建设者上观礼台观礼。

那年国庆，我先被市里选为"六十年特殊贡献六十人"（其中有二十八人已去世，如邱少云、刘文学等），这是生我养我的家乡给我的最高褒奖。当我接到天安门观礼的通知时，激动得久久说不出话来，尽管那时我已71岁。

从中华人民共和国成立之日起，天安门就是国家的象征。中国人把对祖国的依赖、眷恋、热爱、崇敬，全都凝聚在天安门上。从我明白自己出身不好那一天起，我就从未奢望过上天安门观礼。尤其是成了私营企业主后更是断了念想。

观礼那天，我的精神始终处于亢奋状态。耳内回响着军乐团的检阅音乐，眼里是威武雄壮的受阅部队，脑中有无数的过往画面在显现：我的优异的学习成绩单、我的奖状、我的受批挨斗、我的"牛棚"生活、我的各类作品、我的创业、我的创新、我的"走出去"、我的至爱亲朋、我的成千上万的员工……也有我和二哥偷听北平"敌台"、我举着铅球游行的画面。我的母亲国磨难了我，又成就了我，今天居然把我推到了国家的最高处！

那一天骄阳似火，中山装里的衬衫几乎湿透。我们都没有戴帽撑伞，我的脸多年未这样曝晒过。事后，我脸上脱了一层皮，一圈一圈的红皮白印。我笑对自己说，这是我的母亲国奖给我的天安门观礼勋章。

今天又逢国庆，想起了我少年时爱唱的歌曲：

> 我们爱着祖国犹如情人，
> 我们孝顺祖国像母亲！

2018年国庆节凌晨

注：

① 方言，搪瓷缸子。

芭蕉飕飕

一个少年的抗美援朝

——战争使少年长大

1950年10月,中国人民志愿军赴朝作战。那时我快满13岁了,在江北县洛碛中学念初中一年级。军校来中学招生了,我和三年级的同乡好友胡永禄一同去报了名。胡比我大三岁多,1948年他积极参加过重庆一中的"4·21学潮",公开反对国民党的统治,思想进步。自6月朝鲜内战爆发,我俩天天在一起讨论国际形势,我们判断,美国、中国都会出兵,有可能爆发第三次世界大战。永禄发誓一定要去保卫红色江山。我在老家被区委书记指定领导过儿童团,被破格批准提前加入青年团(后改名共青团),革命使我早熟。我热爱新中国,岂能让帝国主义侵犯?我和胡两人家庭出身都不好,相约一同上前线,改造剥削阶级思想。战争使少年长大。

我们接到通知,就去县府所在地唐家沱参加军校入学考试。出发那天早晨,有几百个中学生,有洛中的,还有江女中的来给我们这七八十名报考军校的学生送行。送者、被送者一同高唱：

> 当祖国需要的时候，
> 我们马上拿起枪，
> 冲过鸭绿江，
> 卫国保家乡。
> ……

大有"风萧萧兮易水寒"的壮烈。那一刻，若前头是枪林弹雨，我一定会奋不顾身地冲上去。

去唐家沱有100里。当时我营养不良，身体瘦弱，这100里山路差点累趴了我。全靠胡永禄帮我背包，不断给我打气。次日上午军校考笔试，其实是要求我们写一份决心书。下午口试，一位解放军战士坐在一张桌子旁，拿着一份花名册，二三十个考生围着他。我个子瘦小，担心口试难过，便找了个小板凳踏上去站在这一圈人的后面，高高地露出半个头，让那位考官看不清我的身板。

"尹××——"考官点到我。

"到！"我故意瓮声瓮气地装大人腔，那时我童声未变。

"今年多大？"考官瞄我一眼。

"十八岁！"依然粗声粗气。

"为什么报名参军？"

"抗美援朝。打美国鬼子！"

"怕吃苦吗？"

芭 蕉 飕 飕

"不怕！"

"好了。"我看见他在我的名字上方画了个的。

我和永禄都被录取了。翌日出发去璧山县城军校。到了军校时我们才知道，军校全称叫中国人民解放军第12军35师军政文化干部学校。校本部在璧山县来凤镇。到璧山的当天傍晚，胡永禄的妈妈赶来了。永禄是他家的独子，父亲早亡。他妈不想让他当兵，紧紧拉着永禄的衣服。永禄悄悄把衣扣全解开了，趁他妈没留心，双臂从衣服中突然褪出，一溜烟跑掉了。

次日我们去来凤镇。虽说只有50里，因一连走了几天，我实在是走不动了。找了根竹棍拄着，我即使死了也不愿放弃进军校的大好机会。军校拉行李的架架车老兵看见了我，对我喊："小同志，把你的背包交给我们，到学校了你再来取。"

军校设在一座大庙里。我平生第一次吃军粮感觉分外香甜。编队后分队长告诉我们，学习完后将分到部队去当文化教员。我好高兴，演说、唱歌、跳舞是我的强项，我想我能胜任。接着是入校身体检查。体检的每个环节我都被写上"人小"两字，第二天分队长通知我，人太小了，军校没法接收我，给我发了路费，叫我回洛中去。我哪肯离开军校，找到了军校政委坚决请求留下，还把背包摆到政委办公室地上，我坐在背包上，摆出一副死也不走的架势。政委很和蔼，但不松口，派了两个战士把我送出办公室，送出校门。

我母亲无力供我继续上学了，我回到了老家新妙镇。我去找区委书记宫家和，他叫我继续领导儿童团。

不久，全国掀起了捐献飞机、大炮支援志愿军的热潮。我把上百名儿童团员组织起来，大家捐出零花钱买了火柴、缝衣针，利用赶场天去卖，卖的钱连本带利全部捐献。我们举着小旗大声叫卖：

请买爱国洋火——！
捐献飞机大炮——！

儿童团的捐献活动影响巨大，把区委书记宫家和感动了，他把我叫去："调你来参加区委工作队，明天就来报到。"第二天我就参加了新妙区委减租退押清匪反霸工作队，派驻两汇乡道宗村。火热年代的火热少年，开始了"稳定后方，支援前方"的抗美援朝新工作。

2017年12月9日初稿，2019年2月20日二稿

后记：

胡永禄他们在我离校当晚便出发开赴东北，训练一周后便入朝作战。当年同赴军校的洛中同学，也有人牺牲在朝鲜战场。我一生干过工、农、政、学、商，却只吃过四天军粮，是我终生的一大缺憾。

芭蕉飕飕

一个外国人之死

一、他是神

1952年9月我入学重庆一中。那时候我这个少年心中的天下第一伟人是一个外国人——斯大林。

1952年11月7日起,全市中学停课一个月开展"中苏友好月"活动,以纪念十月革命35周年。学校组织听报告、看电影。专门歌颂斯大林的电影就有《保卫察里津》《难忘的一九一九》等。电影里的斯大林是战无不胜的天神。我们学唱了许多歌颂斯大林的歌曲,其中一曲叫《斯大林颂》:

从边疆到边疆,

沿着高山峻岭……

颂扬的歌词和充满崇高感的旋律令我血脉贲张。斯大林犹如红色的天神,游弋在云端。长大后听了许多颂歌,也只有宗教颂歌的庄严才能和《斯大林颂》媲美。

二、他去了

1953年3月2日，我们吃晚饭时食堂喇叭响起广播：斯大林突发脑溢血。一千多人用餐的大食堂，瞬间安静无声，一切都戛然而止。之后，天天广播他的病情公告。我和班上几个同学私下议论，斯大林是神，他不会死，苏联医学这么发达，他死了也能救得活。可3月5日宣告他不治身亡了，这在我们心中实在难以接受！

一夜之间，全校师生左臂上无一例外地戴上了黑纱或白花，学校还拉起些悼念他的横幅，音乐课也赶紧教我们唱悼歌：

>有一个老公公，
>他的名字叫斯大林。
>全世界小朋友，
>都欢呼着他的名字……

永生难忘的是他的追悼大会。周总理赶赴莫斯科去哀悼，北京天安门广场也召开了六十万人的追悼大会。我市南开中学足球场聚集了几万沙坪坝的大中学生，用收听天安门会场追悼活动的方式举行追悼会。我们一中全体师生也都去了。大会时间与莫斯科同步，他的下葬钟点是莫斯科时间中午十二点整，即北京时间下午五点整。下午两点我们就集中进场了,不允许坐下,硬站了三个多小时。那三个多小时的站立,先后昏倒了一二十人。一中队伍旁边是重庆大学,昏倒的人最多。我看见那些倒下的全都是身体瘦弱的白面书生,好可爱的苦读苦熬的重大学生哥!五点整了,按规定,全国车停人止,就地立正默哀五分钟。全国的汽笛,工厂的、火车的、轮船的,长鸣五分钟为他送行。那洪亮而又凄厉的汽笛声,不知为何,令我浑身寒战,上下牙不停地扣打。心目中一驾尊神冉冉升空而去。

三、我糟了

1953年3月初,重庆热得特别早,学校出现了大量穿短袖短裤的学生。6日,记不得谁先约我:"到杨公桥洗澡去。"

流经杨公桥的那条小河叫清水溪。水如其名,清澈见底。大伙儿赤条条跳入溪中,一洗冬天的晦气,好爽!我蛙泳、仰泳、侧泳游个没完。在班上我游泳最强,趁机也露上一手。几个少年边游边笑边吆喝。

乐极生悲,第二天我们游水的几个学生便被叫进了初中部教导主任郑凌云的办公室。我们非常怕郑主任,中学六年从未见他笑过,整天凶神恶煞。他的大衣永远披着,从未穿上,仿佛没有衣袖,威风凛凛。

"你们知道犯了什么严重错误吗?"郑主任严厉地责问我们。我们几个低着头,谁也不敢回答。

"那你先说。"郑主任指着我。

"违反校规，私自下河游泳。"我细声细气地说，头也不敢抬。

"就这点？"

"……"我们谁也不知道还有哪一点，谁也不敢再多回答一点点。

"在全世界人民的伟大领袖斯大林同志逝世的日子里，全世界劳动人民都在沉痛哀悼，你们几个竟然去寻欢作乐！你们的无产阶级感情到哪去了？你们的政治觉悟到哪去了？"

哗——！平地一声大炸雷，我一下子就吓蒙了。我什么都看不见，什么也听不清，也不知郑主任训斥了我们多久，我的大脑一片空白。

那一学期我规规矩矩，表现相当好，评上操行甲等本无问题，可只给了我乙等。犯到郑主任手上，他毫不留情地剥夺了我的优秀学生资格（优秀生必须甲等），甚至整个初中都锁定在操行乙等，尽管我初中学习成绩越来越优秀，是学校顶级的学霸。

因一个外国人之死，剥夺了我初中三年优秀学生的荣誉。厉害了，斯大林！

2017年6月6日

芭蕉飕飕

草鞋没样，越编越像

偶然看到一张照片，抗日战争中，列队行进的国军草鞋兵，我怔住了。老家涪陵新妙场，大约是重庆城出川入渝的陆路通道。抗战时期大批难民入川、大批国军出川都从我们场上经过。那些服装简陋的草鞋兵在我这颗年幼的心中，留下了惊奇，留下了敬佩。听说众多川军抗战时冬天也只有草鞋穿，也给我留下了悲悯。

草鞋的原料是竹。老家盛产竹，十之六七的男子都穿草鞋。草鞋之乡生长的我当然穿过草鞋。穿草鞋"起脚"，轻便，走路轻松。草鞋"巴滑"，走乡下的泥巴路、田坎路，不易摔跤。草鞋穿起来有强过布鞋、皮鞋、胶鞋之处。在我眼中，线耳子草鞋还很别致，很好看。

草鞋流行的主要原因是省钱，尤其是在盛产竹子的地方。草鞋百分之百由竹麻编成，制竹麻和打（编）草鞋的工艺不复杂，是自给自足自然经济的产物。那年头，买双皮鞋的钱可以买一百双草鞋吧。我老家盛产竹子，竹制品和草纸、竹麻、草鞋等大宗外销，竹制品购销两旺。不少人家以打草鞋为生。

把一些规整的竹子挑选出来做竹麻，石灰池里浸泡一段时间，溶去胶质，便揉成麻。渣渣洼洼的竹子竹丫，石灰池里泡得更久，做成纸浆造草纸。竹麻纤维柔软，编织草鞋不费力气；但比苎麻、黄麻粗糙，韧性差，不宜织绳，编成草鞋穿起耐磨。

我不但穿过草鞋，还会打草鞋。六岁进文长兴先生私馆念书，文师母除了做家务其余时间全在打草鞋，靠编草鞋贴补家用。我在一旁看过一段时间后就看明白了。我呀，从小就喜欢搞好，便向师母请求让我试试，文师母居然答应了。在她的指导下我很快就学会了打草鞋，只是鞋鼻和鞋跟这两样难编一些。

编草鞋的材料主要是竹麻，也可以是苎麻，也可以是谷草、旧布条，或两三种材料混用，取材容易，都很廉价。编草鞋真的不难，由几块木板凑成的简单草鞋凳，有它好编，无它也能编，我亲眼见过有人不用草鞋凳也编出了草鞋。编草鞋不费多大力气，五六十岁的文师母和六七岁的我力气都够。正因为如此，川军队伍中许多兵士都能在军旅生涯中抽时间自己编草鞋。这是一支生存能力多么强的队伍！这是一个多么能吃苦耐劳的民族！

大约在2002年，有个论坛请我去演讲。我讲的题目是"草鞋没样，越编越像"，想论述摸着石头过河是多么正确。改革开放我们向哪里走，怎样走，没有现成的经验可以遵循，何况每个地区、每个企业的情况千差万别。多年改革开放的成功证明，摸索前进，越来越好。就像编织草鞋，没有设计图，没有样品，在编织过程中调整长短，调整肥瘦，调整厚薄。

千山万水，我们走过，
同样探索，同样成功。
草鞋没样，越编越像；
摸着石头，我们过河。

2019 年 1 月 9 日

质量从地里抓起

——立言的褚时健

比我年长10岁的褚时健先生走了,网上纪念他的文章数不胜数,但贬低他的网文也不少。本文不谈他的功过是非,说说人所未言的一点,那就是他的质量观:质量从地里抓起。

把一个县级玉溪卷烟厂做到当时亚洲第一,靠的什么?首先是质量,红塔山牌卷烟的质量。红塔山质量好,除了配方好、工艺好外,就是烟叶比别人家好。那是褚先生的智慧,质量从地里抓起。

他派出大量人员,采购的、品控的和技术的到烟农地里去,和烟农们一起参与改良种子、栽培、施肥、除虫等各个环节。当然,既指导又监督。杜绝采购烟叶的好次靠天、好次搭配及好处人情。烟叶质量提升成为出厂卷烟质量的根本保证。我曾在我们工厂大力贯彻"从地里抓起"的方针,使产品质量有相当的提高,成本也有一定降低。

制造业质量高度趋同。一般来说，一个工厂在剧烈的市场竞争中，还能活八年十年，他们的产品在质量上已达到行业水平。若有高低，首先就在它们好次不同的配套零配件。所以，福特汽车来重庆合资建厂，就带来了几十家配套工厂。这些配套厂就是福特的"地"。苹果手机质量享誉全球，它的质量也是从它的"地"——代工厂富士康抓起。

"计算机从娃娃抓起"。我看见过几个亲戚的娃娃，小学生电脑水平就高过我，甚至高过我精通电脑的助理。我明白了，中国的电脑有希望。

"足球从娃娃抓起"。2000年我接手重庆的甲A级（即今日之中超）足球俱乐部。立即考察本市的足球环境，重庆尚有三所足球学校。两三年后，三所都办不下去了，垮了。我明白了，中国足球希望渺茫了。

万丈高楼平地起。无论做什么事，都得从根上抓起，从地里抓起。这是褚时健先生留给我们的一笔遗产。

古人云，立德，立功，立言，三不朽也。且不谈褚先生的德和功，人走了我们还在回味他的言说，称得上立言吧。他也有一点不朽！

2019年3月6日

夜路

俗话说,"久走夜路必撞鬼"。平常人家都不喜欢走夜路。我家乡老话说,夜间出没的鬼叫道路鬼。人撞上了它,或被牵着迷路,或被牵着投水、跳岩。如果夜行人把长衫的第二颗纽扣解开,道路鬼就没法牵着你走。世间小孩个个都怕鬼,可个个小孩都喜欢听鬼故事。道路鬼的种种传说听得我心口透凉、头皮发麻,下意识中我解开了长衫的第二颗纽扣。

一、坟场山林

小小年纪时我就孤身一人多次走夜路。1951年春我13岁,家乡土改,家庭成分被定为地主,我和我妈两人被迁到农村。母子俩无法以农为生,无奈中我做起了卖针卖线的小生意,一老一小还能糊口度日。

1952年春,全国掀起了"五反"运动,我们这个小乡场的全体商人,无论大小商贩,无论老少都必须参加学习。每逢二五八日赶场天,晚上必开小组讨论会。乡下人夜饭吃得晏(读"暗"àn),饭后九点多会议才排头,十点多才煞角①。深更半夜我也得走15里夜路回家,因为舍不得花五百元(折合现币五分钱)去住一夜栈房。也没有钱置办电筒、火把,只能带着一根壮胆的棍子上路。

离场一里就得穿过一片有数百座坟的"官山坡"——大众坟场。我大哥就埋在那里。平常人夜过坟场吹口哨壮胆,我反而怕惊动了道路鬼,便放轻脚步,疾速前行。有一夜,我看见了一团绿莹莹的鬼火(磷火),传说那是道路鬼绿油油的眼睛,吓得我撒腿便跑!心中不停地呼喊:"大哥,大哥,快来救我!"

五里路后到游江河过一阳桥。小学校歌中"一阳桥瀑布怒吼"的诗情画意全然消失,河水的怒号一声一声地摧残着14岁少年的小胆儿。

接着是十里上山路。一片接一片的青杠林、松树林,穿林而过时总有或低或高的林啸松涛。"嗯——"的一声,大概是什么野物在奔跑。漆黑夜的世界仅有我一个孤零零的小孩,在荒山野岭中已惊悚不堪,总害怕那奔跑的是伤人的大豺狼、吃人的大虎豹。我一直举着棍子,准备迎头一击,那画面委实可笑。天可怜见,豺狼虎豹怜惜我这个夜路小儿,它们放过了我,也许它们知道这个小儿还要养活他的白发老娘。

二、夜踢石球

不是所有的夜路都充满了惊恐。1955年的夏夜,我却有一次愉快的夜行。

那年我初中毕业考高中，暑假中发榜了。我的班主任蒋老师自豪地对人说，我班学生×××（我）中考成绩全市第一。放榜之后我一直生活在快活之中。

唯一令我失望的是同班好友许××居然名落孙山。他一直是我们班的前三名，品学兼优，期期都获优秀学生奖。我虽是班上第一名，却也没获得过这项殊荣，因为我的操行都没得过甲等。据说，许落榜是因为他的父亲是个地位颇高的伪官僚。当时他父亲无职无业豁出去了，带着他多次去市教育局等机关申诉。八月末一天晚饭后，学校教导处一位老职员找到了无家可归而留校的我。"听说你和许××很要好，你找得到他家吗？"

"找得到，在南纪门。"

"这是学校给他补发的录取通知书。你找时间尽快给他送去好不好？"

"我今天晚上就给他送去！"

报喜童子谁都愿当。我高高兴兴地走进夜幕。从学校去他家大约有15公里。一路上都有路灯照明，虽说都不怎么亮。

我操行多为乙等乃因我好耍调皮，老是在琢磨怎样耍出个新花样。那天夜路上我突发奇想：要把校门口一颗路面的直径略一寸的石子——那时都是石子路——当作足球运（运球的运）到好友家门口去。

踢一脚，我就跑一段，比平常走得快，小心不让石子掉下路去。15公里的路程，没碰上15辆车，1955年中国汽车真少，更何况夜里。这倒是方便了我夜踢石子足球。在土湾路段,我差点把石子踢下河去了。捡起石子,驻足一看,这一带山水居然这样美!夜色中青山隐隐,嘉陵江碧水涟涟,山腰中公路弯弯,江水中波光粼粼,还不时有小火轮汽笛声声。"下学期我要拉许来嘉陵江畔漫步夜游!"

三、手电车灯

我创业时也常走夜路。1993年,我的小厂已创办一年多,从九个员工发展到了百余人,还买了一辆北京121客货两用吉普。一个秋夜,我要去北碚歇马场的浦陵机器厂提发动机曲轴,因白天生产经营特忙,约好晚上去提货。从袁家岗兴隆湾我的小工厂出发,往返车程约四小时。装好货回程不久,司机小张叫起来:"大灯不亮了!啷个办?"我是头头,不能乱了方寸:"开慢点,我们摸(黑)到前面歇马场,看街上能不能换车灯。"在歇马场,找到了一家修车铺,但没有这个车型的大灯可换。小张急了:"怎么办啊?回厂的路大部分在乡下,没有路灯。"

我很快就有了主意,去一家杂货店买了一只可装三节电池的长手电筒和六节电池。对小张说:"开车,我给你照路!"

我把副驾驶车窗摇下来,右手伸出去打开手电为车照路。祸不单行,天下起雨来。我把衣袖捞至肩膀,小张把他脖子上的汗巾交给我裹住电筒,风雨中我们摸索前行。突然前头一块大石头挡路,停车后我和小张不约而同跳下车去,抬开了石头,任雨水湿身打脸。

创业者是世上忍耐力最强的动物。这一场夜路风雨，没给我留下什么烦恼。

"日出而作，日入而息"是人类千百年养成的习惯。愿天下人夜晚只学习、娱乐和休憩，不必再走夜路。纵然走，也只是夜里行车。当然，得有一对好车灯。

2018 年 6 月 30 日

注：
①方言，意为结束。

说天花

不是所有的花都招人喜欢，比如天花，尽管它有一个美丽的名字：天之花。忽然发现，不少带天的词都有那么点不是滋味。如：天子、天下、天堂、天作孽、苍天无眼、成事在天等。

天花之所以不令人喜欢，是因为它是一种恶性传染病，死亡率可高达 30%！侥幸活下来的人，会留下一张丑陋的麻脸，屈辱终身。我从小就很自负，念初中时同班男生却给我取了个不雅的外号"二麻子"。水流沙坝上，流行着许多挖苦麻脸的笑话。什么"鸡啄嫩白菜"、什么"苞谷啃了核核在（"核"是双音字，此处念 hú）"，我都领教过。我哭笑不得，因为我出过天花。

八岁时我念小学五年级。有一天早上，感觉很不舒服，绵扯扯的，浑身无力，刨了几口饭就去倒在床上。大伯问我："今天不去上学了？"我成绩好，从未挨过打手心，在学校又特别好耍，所以从不逃学。但那天我没力气回答大伯。

大伯发现了我有些异样，走近床边摸我额头。"好烫呀！"他连忙吩咐旁边的人："赶快去请马瀛丰先生，请他马上来！"

中医马先生看了我的脸、口、舌，号一会儿脉后说："出痘了！"便把大伯叫到室外去。不知多久大伯回来了，塞了一块冰糖进我嘴里，说："今天不上学了，瞌睡没睡醒就再睡。李华清（我大嫂），把尹老九背到二楼去睡。×××你赶快去邮政局发电报，叫细伯马上回来！"我细伯两天前上重庆看我念大学的二哥去了。

我烧得迷迷糊糊的，睡了一天，偶尔醒来，都看见大伯笑眯眯地坐在床边。那时他六十开外了，记忆中他几乎没和我单独相守过。难得他专专心心守在我身旁！难得他亲自喂我、哄我把药吃下去！

第二天，细伯赶回来了。她把我摇醒喂药，泪流满面却又强打笑容。我"哇"的一声大哭起来，死死抱住她："细伯，我不舒服！"

"莫哭，莫哭，烧在退了！"细伯一边诓我，一边也止不住流泪。后来他们才告诉我，那时，我正在鬼门关前晃荡。

细伯二十四小时守着我。几天后烧才退了，她脸上才开始有了笑容。我皮肤上开始出红斑了，随后斑点鼓起来，医学上叫丘疹，很快，鼓起来的疹子变成了一个一个的脓疱，开始发痒。细伯吩咐，把卧室的镜子拿走，长大后才明白，她怕我看见了自己长满脓疱的脸，会把她的幺儿吓坏了。她还安排我吃的东西不得有一点咸味，连下稀饭的咸菜都必须泡一天一夜，再用缸钵舂掉盐分。她说，少吃盐，少发痒。她用一条干净的裹脚布，把我手绑在身后。她说："脸上长脓疱，痒，你抓破一个疱脸上就留一颗麻子。尹老九，忍住点，千万别抓！一脸麻子长大了讨不到漂亮媳妇！"在病床旁，她给我讲了许多故事：熊家婆、牛郎织女、梁山伯与祝英台等，来化解我的不舒服。

我是个幸运儿，有细伯的精心看护，脸上的脓疱没被我抓破。加上有马先生的高明医术，不久脓疱就结痂脱落。皮肤只留下浅浅的凹痕，几乎看不见，俗称白麻子，长久之后会自然消失。民国时代，甚至建国初期，麻脸人到处可见。我们小学就有十来个麻子学生和一个麻子先生。

1952年我考进重庆一中，那时有一股以烂为荣、以丑为荣的风气。我破罐破摔，自己暴露脸上有104颗白麻子，我对着镜子用笔点过数。患天花已有六年，不仔细看不出，我却拿出来炫耀。没想到几个和我要得好的同学便叫我"二麻子"。

一次在语文课上，丁老师讲标点符号的重要，举了两个同字不同点的例句：

乌黑头发没有，麻子，脚不大周正。
乌黑头发，没有麻子，脚不大，周正。

那正反两句都在羞辱麻子。有个女生为我打抱不平："老师不该在课堂上嘲弄有缺陷的人。"我厚着脸皮回答："麻子是天生的，光脸是狗舔的！"

七八年后，我十六七岁时，天花在我脸上的痕迹已荡然无存。老天收回了它的天之花，既没短我寿命，也没减我颜值。再没有男子笑我这副面，也没有女子嫌我这张脸！

谢天谢地！当今世上已经难见麻脸。1980年世界卫生组织宣布：天花在地球上绝迹了。原来天花有一特性，一经患过，终身免疫。十八世纪英国医生詹纳，让牛感染天花，取出脓汁，经培育处理，注射在人身上，让人在一平方寸的皮肤内感染天花，让人终身免疫。经过两百多年的推广和坚持种牛痘，人类终于消灭了天花。

人间的种种灾祸，可不可以都用种牛痘的方法让其绝迹？我祈祷！

2018 年 6 月 13 日

芭 蕉 飕 飕

救人无须度量衡

来新加坡看儿孙,这里气候环境适宜,我下了游泳池。多年没下过水了,一入水仍有当年那种兴奋,想起了一些关于水中救人的往事。

在我六岁多的一个夏天,连续几天的偏东雨①让小河沟也涨水了,这是搬螃蟹的好时候。新妙场的男孩子有个说法,吃了生螃蟹力气大,所以个个都喜欢去搬螃蟹来生吃。一天下午,在街上碰见了邻居好友刘永茂和王厚臣,他俩分别比我大三岁和五岁,便约我一同去搬螃蟹。

王厚臣把我们带到了场下面的蚂蟥井。井旁一米多远有一处小溪沟,他下沟里搬螃蟹去了。我和刘坐在蚂蟥井边搞水玩。那水井大约一丈见方,石头砌成,深及丈余。我用一根苞谷秆在水里找青蛙。突然发现远处有一个,赶紧身体前倾去赶它。不料失去重心,"咚"的一声掉进井里,一头沉了下去。

那时我还没学会游泳,当然慌了,连喝了两口水,差点憋了气。我忽然想起有人说过,只要心不慌人就会浮起来。"不要慌。"我提醒自己。奇了，果然一下就浮了上来。手乱舞了几下又沉了下去。我一直未喊叫，不断提醒自己不要慌，不要慌。一浮一沉三四个来回了，刘永茂幼不晓事，看见我冲上来沉下去觉得好玩，在井边滚去滚来地笑。

"你笑啥子？"王厚臣在水沟里埋头搬螃蟹，看不见我在水井里生死挣扎。而刘依然傻笑着说不出话。

"你笑啥子？"命中注定那天我不该死，王厚臣觉得有点不对劲，便从小水沟探起身来观看。看见我快不行了，赶忙抽出一根苞谷秆："拉住，尹老九！"水井不大，苞谷秆够得着我。我抓住后就被王厚臣拖到了井边，拉上坎来。

在水中我没闹，出水后我也没哭，只觉得肚子被水灌胀了，有点不舒服。

"怎么样，尹老九？"王问。

"还行，还行。"我答。

"那我们快回去。"几十年后的今天，我都惊奇于自己小小年纪在生死浮沉中不慌不乱。"临危莫慌乱，等待救兵来"，我受用一生。

回程路上王厚臣见我走得尚好，便没送我，让我自己回家，他没有丝毫要去我家表功的意思。我母亲见我一身湿衣，便问我缘由。我说明经过后她一把把我搂入怀中："菩萨保佑！老九命大！菩萨保佑！老九命大！"事后母亲带我去给蚂蝗井附近的土地菩萨敬过刀头[②]，烧过香。又带我去王厚臣家表示过感激，还带去了些谢礼。王的父母还不知道这件事，厚臣厚道，没给他父母讲。那之后，王厚臣也从未提过此事。解放后他参军了，后又转业到自贡，也从未来找过我。（写及此，好想他！）

芭 蕉 飕 飕

那时我人虽小,还是懂得救命之恩大如天,始终心系王厚臣。此外,学会游水决心更大了。

十岁左右吧,我已学会游泳两三年了。我是街上的娃娃头,有一天我带了六七个娃儿去徐家塘洗澡。一群人中我水性最好,率先下水向塘中游去。徐家塘岸边是浅水区,离岸六七尺就是一道深坎,坎下水深七八尺。不会游的跨过这坎就有危险。

"张智镛要遭淹死了!"我听见几个人在拼命大喊。回头一望,三个不会游的娃儿在水里浮沉挣扎。我飞快回游并高喊:"莫慌!莫慌!我来救你们!"我一次救起一个,把三个娃儿都推到了浅水区。其中一个是我小时候耍得最好的张智镛,一个是我的亲外甥李廷韵,另一个我记不清了。

回家后我没给我妈和我姐讲,更没去那两人家中讲。王厚臣过去怎么做的,我自然而然地就怎么做。几十年过去也把这事淡忘了,直到前两天我外甥李廷韵看到了我在新加坡的游泳视频,才来微信提起。

1967年我跳进粪池救起小颜俊。我当时也没多想,冥冥中有王厚臣救过我的前因。我被救一次后再救起四人,我从未觉得该有什么算计。即使救起更多人,都是因为我被王厚臣救起过。

救人情急,无须度量衡。

2016 年 6 月 3 日

注:
① 方言,意为夏天的暴雨。
② 方言,意为祭奠品。

薄衣残冬

近日爱听《秋蝉》。一句歌词"我这薄衣过得残冬",令我心弦颤动。少年时,我曾有过薄衣残冬。

那是1952年,我14岁刚进初中。和同班的费星如挺要好,他才12岁,手比我灵巧。同样用木刨花做的模型飞机,就比我做的飞得远。有一天他在宿舍窗户边摆弄从他哥那里拿来的矿石收音机,邀我和他一起玩。

还记得那个听筒是从电话机上拆下的听筒芯,外面包有一方旧红绸,只能手拿着放在耳朵边听。玩矿石机要点是用那枚细小的探针,在不规则的小矿石表面上寻找灵敏点。没找着,听筒就沙沙响;找着了,听筒里就是电台的播音。

"你来试试。"费星如把矿石机交给我。我老半天找不到灵敏点,听筒里只有沙沙声。

"手要稳,莫抖!"星如提醒我。

"你的手怎么老在抖?"星如问我,"哦——,大冷天你怎么还只穿一件单衣?"

"……"我难以启齿,"我只有两件单衣,换着穿"。

"那你怎么过得了这个冬啊?"星如一边说,一边毫不犹豫地脱下他身上的短棉大衣披在我身上。

"那你穿什么呢?"

"我还有,"他一边说,一边就回到床边取了些衣物套在身上,"今天晚饭后我回家再去取一件棉衣来。"他家在土湾步月桥,从学校去半小时可以走到。

我是当年八月初从老家乡下来重庆考学校的,只带了两套夏天穿的单衣单裤。从开学到冬天,没有时间更没有旅费回家去取冬衣,从学校去我老家隔山隔水有两百多里远,还不通车呢。学校伙食费每月7元(折算成现币),我只被批准领取乙等助学金,每月补助6元5角。差5角每月1号那天总不能编席(桌),免不了要饿一两顿饭。幸好有同班好友饭后给我打点饭菜回来。整整一学期我身无半文,家中只有老娘一人,她原本靠我卖针线赡养,而今自身难保哪能助我。我申请清寒补助金项内的一件棉衣和一双力士鞋。当时穷学生多,名额有限,未获批准。进校不久草鞋就烂得不能再穿了,只好赤脚单衣,任它秋去冬来。

现今你可能不信,当时重庆一中学生穷得一双鞋都没有的有好几十个人呢。苏联专家几次来校参观,学生会就会召集各班的生活委员统计有多少学生无鞋穿,然后找教师们借。每次要借几十双,我们班就有两人,杜福安和我。

饭吃得饱,还吃得好,每天吸收的热量足够消耗。但单衣赤足在秋风中难免瑟缩,在冬雨中禁不住打抖,可我身抖心不乱。我出身地主家，自惭卑微。能让我免费读中学，每月还给我6元5角的助学金吃饭，自卑心得到莫大的抚慰，我对政府和学校充满了感激！再说，还有像费星如这样的几位好同学不时接济我。

  有星如的这件短棉大衣裹着，那个冬天身不冷，心更热火儿。打了一个冬的光脚板也挺争气，既未裂冰口，也没长冻疱。当时国家穷，学校也穷。公立重庆一中除了一座砖上撒的两层小楼刘家院作女生宿舍之外，没有一栋砖房，没有一栋楼房，全是竹木建造的照壁平房，容一两千学生吃饭的饭堂竟是一座楠竹框架的大茅草房。学校也没有四百米跑道的运动场，全校的道路几乎全是土路。下雨久了怕稀泥巴路滑，便在路面上撒一层细煤炭花（煤渣）。我当时的脚底板茧皮厚过两毫米，不怕钉刺，走炭花路如履平地。如今，穿惯了鞋袜，娇惯了双足，光脚板寸步难行。还是谚语骂得好：人不宜好，狗不宜饱！

  "洞中方一日，世上已千年。"国家变化神速！六十五年后的母校重庆一中，楼场馆齐全，设备设施充足，绿树成荫，花团锦簇，纵算用欧美标准衡量，也是一座一流的花园学校。学生的学习环境优良，生活条件宽裕。君不见，除了体操小健将们，芭蕾小天鹅们，冬天已看不到学生单衣赤足！

  愿天下人不再薄衣残冬！

2017年11月17日

芭蕉飕飕

我的芳华,我的1959!

重庆化工文工团,是从全市化工系统国庆十周年文艺会演中选拔出的优秀演员和编导人员组成的。"大跃进"时期群众文艺也在大跃进。车间田头,锣鼓喧天,那阵仗真是空前绝后。

文工团,大花园,女演员鲜花朵朵。我们的女演员没有电影《芳华》那样着T恤短裤,长腿踢舞,但个个善舞能歌,青春靓丽,谁都会多看她们几眼。编导组成员五人,其中有我。一开始没有任命组长,却给了我们一些题材叫我们三天创作出节目。

那年我21岁,好想一展平生所学。写了一首歌颂重庆轮胎厂的大干快上的歌曲,叫《茅屋出轮胎》。旋律模拟汽车行进节奏,十分欢快。还写有一首歌叫《井架竖在白云端》,歌唱重庆化工研究所打通了第一口天然气井,开创了我市的天然气化工研究。我把它写成一首情歌:

哥哥好久不回门,
可有喜事告亲人?

......

这首歌没有口号，曲调优美，情意浓浓，反映情哥哥去开采天然气的雄心，浸润着情哥情妹的别意离情。这是我一生难得的佳作，大获好评，几个独唱演员都来争领唱呢。由于我笔头快，创意新，旋律美，顺理成章地任命我担任编导组长。

年纪轻轻就得到了如此大好机遇，我十分珍惜，我要证明我自己。看着这群朝气蓬勃的靓女俊男，不弄出一台好节目真对不起他们。白日夜晚，我心中只琢磨节目的质量，没在意耳边的歌舞管弦，没在意身旁的月貌花容。

有一天，乐队的淡师傅，他和我是同一个厂来的，悄悄对我说："演员队最小的那个漂亮女生莉莉（化名）在打听你。"我才注意到她老爱跟着我。她可能还不到18岁，大眼睛擅长眉目传情，大酒窝令她笑靥如花，身材高挑，亭亭玉立。有个周六晚上，团里不排练，莉莉来约我去逛解放碑。

"你不回家？不想爸爸妈妈？"我问。

"我没有爸爸妈妈了，只有个继母。"她告诉我，她母亲早逝了，父亲再婚后不久也去世了。幸好继母没有儿女，对她还行。当然远不如亲生的。所以初中毕业后她就进了重庆模具厂。

"你当我哥哥好不好？我从小就没有哥哥，好想有个哥哥来疼我。"她不好意思地低着头，说得很慢，说完后就抬起头来直视着我，既是恳求又不容分说。莉莉人长得挺可爱，唱歌、跳舞、说快板都是团里尖子。我的心跳莫名地加快了，但是蹦不出压着我心田的那块巨石，两人关系很快就慢下来，冷下来。

芭 蕉 飕 飕

"我不够好吗?"她接着问。

"不是,不是,我——"

"你,你,你怎么啦?这几个月我留心你了,没有女孩子来找过你。我问过淡师傅了,他说你还没有对象。"

"你不了解我!"我急了。

"要怎么了解你呀?你和我们天天在一起,你能写能演能导,你创作的那几个节目都是团里最好的。你个子高高的,一表人——"

"我月工资15元,是个工龄才一年多的学徒工。"我急着抢白。

"我晓得。钱嘛,家里正在给我介绍一个三个花的军官,我还不乐意。"她一边摇头,一边用双手拉住了我的左手。

那年头军官工资高,挺受女青年们青睐。有一个顺口溜在重庆女孩中间流传:

> 一个花花不理,
> 两个花花稳起,
> 三个花花可以,
> 四个花花追起。

(肩上)三个花花的上尉月薪120元,是我的八倍!

"我政治上有问题——"

"你哄我。那怎么可能叫你当编导组长?"

"……"

我的芳华,我的1959!

"哄我了吧?"她双手拉着我的左手摇,心花怒放似的。

"发誓没哄你!"一年多来,我筑了个堤围住一个秘密,经不住这个似玉如花含情脉脉的女孩的进攻,堤坝崩溃了。"我出身不好,去年挨过批判,受过处分。不知什么原因我在学校的档案暂没转到工厂来,厂里局里都不知道我是个什么样的人。纸包不住火,组织终究会晓得的。我这辈子是完了,我不想连累你。"我挣脱了她的手,转身走回宿舍。我好难受,为我眼下黑漆漆的前路,为我竟然没有了人爱、爱人的权利。

从那以后,莉莉就再也没来找我。

"也许她和那个上尉好上了?"我自问,些许疑惑,些许期许。"与你何干?你敢接受她吗?"我万般无奈,万分失落。

1960年夏,"大跃进"恶果开始显现,经济形势严峻。为了增产节约,全国所有业余文工团解散。分别那天,只见太多的哽咽和泪滴,只见太多的相握和相拥。她看见了我,我也看见了她。她欲言又止,我没法说话。她扭头离去,眼泪已经流下。莉莉离离,离离莉莉,纵无藤蔓也露过嫩芽,纵男儿也难以搁下。

文艺创作有小成,重庆市音乐家协会送来了表格,要我入会。1959年我的最大成就是写了一本技术书:《车工找正的方法和原理》。机械工业出版社审稿后给了我出版通知。随着我的档案追踪而来,有人说档案是当事人的生死簿,一切都化为乌有。

啊,我那昙花一现的芳华!我那甜甜苦苦的1959!

2017年12月23日

倏然忆老娘，欲语泪双行

为了儿女活下去，母亲们会不惜精力、金钱，甚至尊严。我的老娘，却为我奉献了生命。

我的娘亲是挣钱高手，能在民国初年把一个贫农家庭变成富庶之家，足见她的能耐。1951年那场改革，52岁的她和13岁的我净身出户，被处置到了一座叫花土堡的荒山上，一间孤零零的几年没住人的破草房。吃的只给我俩留了两升（十斤）苞谷，穿的每人留了两身旧衣裳。没有床，在地上铺上干谷草，一床旧篾席和一床补巴的统统铺盖。

我娘没有哀叹，没有抱怨，第二天早晨就领着我修补烂草房，下地种菜，割草驱蚊。天不绝人，不久我就找到谋生之路，赶流流场卖针卖线。艰辛的小贩生意也能养活我们母子。能吃饱，还补好了漏房，买了张旧床，添了些家具、农具，但求生存，但求温饱。

一户两人，一个地主婆和一个地主的小儿子，没有人来我家串门。家，比垭口的山风还冷清。我们路过人家的房子，恶犬常出来追咬，主人家也不会叫住狗。任何场合没有人和我们搭白①，我们母子仿佛是人们避之犹恐不及的灾星、祸星。我们的流放山村是母亲的出生之地，娘屋人不少。可越亲近的人越得表示他们的阶级立场。我母亲的内侄媳妇，每见我妈都要恶狠狠地咒骂："尹高氏，不好好改造，你只有死路一条！"我虽然只有13岁，也能分辨投向我的各色各样的目光，半成私悯，半成公仇，九成不可名状的冷漠。我明白，地主子女没有盼头。

母亲对我说："你必须像你二哥一样上重庆去读书，挣个前程，在乡下当地主子女你怎么活？"我家二哥1947年就大学毕业，在重庆教中学，刚解放便参加了革命，后又去了朝鲜。打解放起再也没和家庭联系过。

"我去读书谁养你？"我问母亲。

"分给了我们几亩田土，总会有点收成。听说朝鲜在停战谈判了，你二哥从朝鲜回来后他不会不管我。"这只是她动员我离家的托词，我二哥直到我母亲去世也没给她一个字、一分钱。

母亲逼我离开农村找出路，天天讲，天天催。我既感动于她的苦心，又忧虑自个儿的前途，还急于想摆脱这个嫌弃我的环境，终下决心，读书去，不赶流流场了。

1952年8月1日，早饭后我上路了。我把当小贩一年多积攒的185000元旧币（1955年币制改革后等值于现币18元5角）全部交给了娘亲。当时米卖400元旧币一斤，她抽出50000元给我做盘缠，我坚决不收。我说："相信你的儿子，一定会风风光光回来。"我情不自禁跪下去给她磕了三个响头。

她送我出行。山高路陡，下山步行要花二十多分钟，我频频回头，看见她站在荒山的边缘向我挥手。山巅老娘的泪水，似乎洒在山麓、我的脸上。没想到这就是我们母子的永诀，那三叩首就是我对她的临终跪拜。

一年多后才有人告诉我她已去世了。1952年阶级斗争尚未"为纲"，能考起学校的青少年便准许在城市落户，即使出身地主。我因考上了重庆一中才能侥幸迁出户口。如果老娘不"逼"我进城，待在乡下，一个又一个的运动，不知会把我这个地主狗崽子折腾成什么样子。可她自己呢？一个骨瘦如柴的小足老妪，怎能够春耕夏种？我留下那点小钱她能熬多久？她还要忍受无休无止的批斗、辱骂。我走后家里无人挣钱，我走后她没了陪伴，留给她的只有西天路一条。她殁于何故、何时、何地，我至今也不知晓。

彼时，母子俩已坠入苦海，她把我推出水面，自己却沉向深渊。倏然忆老娘，欲语泪双行。

写于2018年三八节，改于2019年三八节

注：

① 川东方言，交谈。

愧煞书生不识花

一个朋友在朋友圈晒了几瓶水仙花,并附了十六个字:

水中亭亭,
不染凡尘;
静室袅袅,
不输寒梅。

花美文雅,令人羡慕不已。

古之书生都爱月下花前,一来约会佳人,再则吟花咏月。轮到我辈,咏几句月倒能凑合,吟花就词穷了。因为我们这几代人都缺少花的教育、花的熏陶。

我老家后花园不大,只有一丛茉莉,十几株指甲花。我家的女眷们都爱把茉莉花戴在头上、佩在襟前。有一回,我三四岁吧,妈妈问我茉莉花香不香,那是我人生第一次与花正面相逢。纵然是个小孩,凭本能也喜欢茉莉白净的花、醉人的香和那小巧玲珑的模样。我把妈妈的头搂入怀中，她的发髻插着几朵茉莉花，我用鼻子在那几朵花上蹭来蹭去。我妈一边哈哈大笑一边吵："尹老九，莫把鼻涕抹在花上了！"从那天起我就和妈妈一起爱上了茉莉花。

我家年轻的女眷们喜欢用指甲花染指甲。用指甲花瓣和明矾水捣成泥状，涂在指甲上，不久染成。纤纤玉指，红艳剔透，煞是好看！有一次我和她们一起也染了指甲。正当我高兴之时被我大嫂看见了，她笑起来："男娃儿，尹老九；红指甲，羞不羞？"小小的我被笑得旷眉旷眼的，不知所以。男娃娃怎么就不能染指甲花？

我们那个乡场没有花会、花展，也没有花市、花店，致使我们小孩耳濡目染鲜花的机会甚少。1948年下半年我同我二哥一同生活，他教书我读书。他有一个五灯收音机（当时算珍宝了），我特别喜欢收听歌曲。《玫瑰玫瑰我爱你》《蔷薇蔷薇处处开》都很好听，可是我不识玫瑰、蔷薇，更不能分辨二者。小小少年，平添烦恼。

1952年进重庆一中，国家、学校正在大兴土木，到处建厂修楼，很少种树，更不栽花。偌大一所重点中学，没有一个花园、花圃。那时候，举国上下沉浸在亢奋的革命文化之中，抗美援朝、解放台湾、思想改造、建设新中国等，是生活的绝对主题，风花雪月毫无立足之地。语文课没有赏花诗，音乐课没有吟花曲，美术课从不画鲜花。连植物课也主教稻、麦、黍，花只作为根、茎、叶、花、果实、种子中的一个环节来讲。

记得1954年去参观歌乐山林场，全是树，未见花。坐下来听讲解，一位技术员手持一株大叶桉树苗，大讲桉树生长快，用处多。我们学校的校干道两旁也只栽桉树不种花。1958年我们毕业时桉树已高约两丈余。它无花无形，树干歪扭，奇丑无比。幸而后来全拔了。

历朝历代都用鲜花形容美人，那年头美人遭贬辱，爱花就是不革命。学校的女生们基本不穿花衣裳。有那么少数敢穿的，也仅仅是暗花、碎花。少年儿童是祖国鲜艳的花朵，鲜倒真鲜，艳可说不上。

1956年突然大讲百花齐放、百家争鸣。人们非常期待政治上的百花齐放，也期待植物界的百花盛开。可转眼间就急刹车，雷厉风行地区分香花、毒草。实际上无人谈花之香，只批草之毒，拔毒草拔掉了千百万的右派分子。"大跃进"时郭沫若出了本不伦不类的诗集《百花齐放》（羞煞他的《女神》！），不描花之美，不写花之香，却说各种鲜花都在鼓足干劲，力争上游。待到"文化大革命"时，红色海洋更是淹没了一切花卉。花和香都被列为修正主义毒素，被彻底批臭打倒。真是：

待到秋来九月八，
我花开后百花杀。

人们爱花之情是任何外力都压不住的。我们那么纯洁的革命少年，那时也竟然不自觉地爱哼爱唱沾点花的歌曲，哪怕它只有一个花字：

芭 蕉 飕 飕

>天上的朝霞,好像百花开放……
>高高山上一树槐……我望槐花几时开……
>夏季到来柳丝长,大姑娘漂泊到长江……
>田野小河边,红莓花儿开……
>正当梨花开遍了天涯……

离开学校后,人长大了,心也花了,就更喜欢带花的歌曲了:

>花儿为什么这样红……
>鲜花开放蜜蜂来,鲜花蜜蜂分不开……
>三月里那桃花开,开的那个满山山红……

落花有意,流水无情。我打小爱花的情缘未碰上吐蕊开放的时机。改革开放后,不再批花禁花,华夏大地百花怒放,花的世纪已然降临,我为我们的民族感到欣慰。只是我自个芳华已逝,又忙于人生的从头再来,几乎没有时间研花赏花,情缘难续,难再续。

如今放眼天下,公园私宅遍地鲜花。花会、花展、花市、花店无时不有、无处不在。室内插花、恋人送花、节日赠花、相约赏花已成时尚。可爱的女士们打扮得花枝招展,装点了我们的环境。可我在生活中、在影视里、在花丛边,识花不过一二十种,辨不明它们的明媚鲜妍,辜负了百花的香艳,辜负了生我养我的这片鲜花点缀的美丽河山!

愧煞书生不识花

男儿读书破万卷,
不识百花愧无颜。
憾兮无福香媚妍,
喜哉大地花满园。

2018年2月9日

芭 蕉 飕 飕

未晚先投宿，鸡鸣早看天

生病出院后，需要找一个好地方调养，我选了南山半山坡的一家小民宿山茶居。凌晨醒来，突闻鸡鸣：咕咕咕——！众鸡合鸣，赏心悦耳！我小娃娃时调皮，还要填点词："咕咕咕——，和尚拜寄老丈母——！"久违了，我的鸡咯咯老友！

鸡叫快天明，鸡鸣早看天。我想起了民国时期旅店栈房的标志，家家门前都挂有方形灯笼，两个面上分别写有"未晚先投宿""鸡鸣早看天"。那是店家对客商的提醒和规劝。

商旅一生，走遍全球，投宿过各种酒店栈房。平生最难找旅店是七八十年代的上海。1983年我乘火车到了上海，还是傍晚时分。下车后急急投宿，找到家住宿介绍处，这是投宿客人的必选。在登记窗口面前排了长队，大约半小时排到窗口了，出示了我的介绍信，那时没有身份证。没有单位介绍信，夜投旅店概不接待。登记后答复我："暂时没房，等着！"

等候室约二十平方米，已有一二十人在等。还好，有条凳可坐，但无茶水。等了一个多小时，尚无动静。我心一横，今晚就在这里坐一夜。秋夜的晚风已有凉意，下意识把衣服裹紧了一些，把头也缩下些许。

"×××，"窗口叫我了，我连忙奔至窗前，"××路××号××浴室，12点后入住。去不去？"

"去去去去！"我重重复复，声调渐高，生怕窗口内的同志听不明白。他给我开了去那家浴室的介绍信，上有地址，我赶到时已是夜里十一点了。当晚终于有躺的地方了，一种获释的感觉、宾至如归的放松，好暖人。

"来住宿的客人们，我们澡堂洗澡的客人离店后还得整理。你们只能在12点后才能入住。明天早上八点前必须离店。"次日晨七点即被广播叫醒：说他们白天要营业，要打扫。请客人马上起床！我挺理解："鸡鸣早看天嘛！"忘不了的是，房钱便宜，一夜五毛钱，在繁华的大上海。

未晚先投宿，鸡鸣早看天。我一生早起，从未被旅店的店小二吆喝过。但这辈子有一次疏于未晚先投宿，惹了麻烦。

1951年秋末冬初，我做小贩上重庆进货，采购了些缝衣针和发夹。回程乘轮船在木洞下船，和两位大顺场商人相约，步行回大顺，因为大顺次日逢场，方便生意。

那天早晨重庆江面大雾，船晚了三个小时才起航。木洞到大顺有六七十里，船晚点三个小时后，留给我们步行的时间就不够了。傍晚我们到了双河场，离大顺还有四十里。我说，住栈房吧。那二人不同意，说三个人走夜路，撞到大猫（老虎）也不怕。

未晚不投宿，麻烦要临头。夜行中突然下起大雨，我们仨都未带雨具，急忙跑去临近不远的一户农家敲门求宿。暮投无名村，大雨若倾盆。农人友善，说可以在牛圈屋干草堆里暂住。

平生第一次在干草堆里过夜。我的身上堆积了尺多厚的干草，也挡不住夜风中的秋凉，湿衣沾身瑟瑟发抖。牛粪的气味我倒能忍，可秋天的蚊虫全是老手，那一夜我们三人成了它们屠戮的对象。暗夜中我的两只手抵挡不住那成群蚊虫的轮番俯冲。

万家旅店语，
岂是打诳言？
未晚先投宿，
鸡鸣早看天。

2019年3月6日

未晚先投宿，鸡鸣早看天

与尼众共进斋饭

在大雄宝殿三跪九叩之后,我们一行十来人步入了五台山普寿寺尼众佛学院的斋膳堂午餐。这里有三百多女尼就读。我们被提醒,吃斋饭时不可讲话,碗里的东西要吃光,没吃饱可以再次索要。

一进大门就看见密密麻麻、整整齐齐、年纪轻轻的众多女尼学员在悄无声息地吃斋。这场面令我内心一震!她们无声,迫使我们不敢喧哗。后来我数了数,进餐的尼众约160人,来用斋饭的香客有40多个。

在宽约半米的长条桌前我们一个挨一个就座。每人面前摆放着两个碗、一双筷、一张餐巾纸。但见一位施饭的尼姑左手抱着直径30厘米左右的饭桶,右手执小瓢依次给尼众们盛饭,也给我们香客盛饭。每次大约六七钱米,比我的饭量稍多一点。我双手合十,颔首致谢,她亦点头还礼,她的双手都占用着呢。又见一工作尼姑给大家盛菜,每次盛半个拳头那样多。四季豆和土豆混炒,中等咸味,似乎有点油星,植物油味,爽口,刚好够我吃。随后则发现共有六七位工作尼姑在用斋者面前井然有序地穿梭，添饭添菜，添馒头添饼，添菜汤、白开水。只要你要，管够。我后来还要了小半碗菜汤和小半碗白开水。

我吃下第一口饭菜，便观察对面，距我一米左右用斋的尼众。她们的食物和我们完全一样，吃得不紧不慢，不声不响。不知什么缘故，泪水慢慢涌上我的眼眶……

是为她们高兴吗？是的。我猜，她们中大多数一定出身寒微，另有些人也虔诚地立志修行，两类尼众的愿望眼下都实现了。佛学院预科两年，本科四年，研究生四年。走出了贫寒之家的能步入保佑她、培养她的福门；有志学佛的进入了佛教的高等学府。她们全都剃度了，浅浅的头发配上女性特有的清秀眉目，个个身着清一色的素雅的素衣，非常非常亮眼。虽食无鱼，汤无肉，但营养足够。看她们一个个肤色正常，身体康健，虽无人欢天喜地，也无人愁眉苦脸。兴许，她们身在佛门学院，心在神仙天堂。我为众尼喜而泪流。

是为她们担心吗？也是。她们在这里苦读苦修多年，想父母吗？想亲友吗？想闺蜜吗？晨钟暮鼓，青灯黄卷，无缘花花世界、鸳鸯蝴蝶、远离电游电玩、卡拉OK、电影电视、抖音快手……且不说月下花前。她们有怨吗？她们有爱吗？她们的父母牵挂她们吗？我也有女儿，身为人父，我想不下去了，泪水怎么也忍不住，赶紧拿起了那张餐巾纸。

我的泪水也饱含着敬佩。我一生没有宗教信仰，这是我近七十年的客观环境使然。并非我主观不信宗教，我有限的学识也不排斥宗教。尽管我没有研修过，但凭生活体验，我知道宗教的基本教义都是教化人有敬畏之心。所谓"举头三尺有神明",不可无法无天。近来读以色列学者尤瓦尔·赫拉利著的《人类简史》,才知道宗教在人类史上有着重大意义。

作者把当今人类的祖先称为智人。古时候还有其他一些人种,有的比我们祖先智人更强壮。残酷的生存竞争中,其他的人种都灭亡了,是我们的祖先智人消灭了他们,自己才生存下来。古时战争就是打群架,比人多。其他人种靠利益和情感联络,最多能组成或亲或友的不超过150人的战斗队伍。而智人却靠共同信仰能组成成百上千人的团队,尽管彼此互不相识。古时的智人们的共同信仰就是宗教神话、宗教故事及宗教教义。

我认同《人类简史》的论述。看看我眼前的一众学尼,她们一同学佛,一同修行,僧袍斋饭,诵经礼佛,风雨同舟,就是因为她们有共同的信仰。

众尼的斋饭桌上每人多一张黄色小方巾。饭后她们用方巾把碗、筷、匙擦拭干净,装进一个圆柱形的小袋子里拎走。斋堂干干净净,尼众清清爽爽。我们香客用过的碗筷上总留有些许残渣剩饭。坐在空旷的斋堂,我心中思绪纷繁,眼里泪水难干,坐在斋堂里发愣、发呆。

2018年7月15日,五台山普寿寺斋饭后

芭蕉飕飕

过节

——音乐节有感

CD 唱片加一副好耳机，或者一套好音响，你就可以听到高质量的音乐。为什么还不远千里来赶什么音乐节？

嗯——。同样是吃花生米，一口吃下多粒不如一粒一粒吃那样有滋味；吃无壳的花生米，又不如边剥花生壳边吃花生那样有情趣。为什么啊？那是因为你多了些参与，感受那过程而不仅是结果。

一个人吃花生又不如几人打伙儿抢花生那么热闹有趣（前提是花生足够），打小我们一群小儿就有感悟：

打伙儿吃，打伙儿香，
个人吃了烂牙腔。

如果一个人的情绪指数是 N，另一个人是 M，两人共同活动，共同的情绪指数不是 N+M，而是放大成 N×M=NM。我们把这称为集体活动相互感染的乘数效应。过节的美好来源于参与的过程加群体的相互感染。

　　我川东老家人说："大人望赶场，细娃望过年。"小时候我们多么盼望那姗姗来迟的大年！春节时小孩们那么快活，一同分享压岁钱，一同分享各家的年货小吃，一同放鞭炮，一同玩耍，一同打闹……尽管平时我们也吃也玩，但没有这种特别的参与的过程，尤其没有这种集体感染的乘数效应。所以小孩们过年特别快乐。

　　小时候我过过许多节日，包括旧风俗的和政府新规定的。除过年外，印象最深的是1946年4月4日儿童节。那时我八岁，念小学四年级。之前是个懵懵懂懂的娃娃，从未专注过任何事物，也未专注过读书。不知何故级任老师（今称班主任）陈毅（女）把我选作班代表，去参加学校的儿童节演讲比赛。讲稿是她写的，导演也是她，她一句一句教我怎么说。陈先生鼓励我说："你很聪明，只要你专心，你做什么都行！"比赛时我没出差错，声情尚可，就是有些紧张，老吞口水，但还是得了个鼓励奖，奖品是一把胶牙刷，那时还算是贵物。这是我平生第一次参与重大活动，选手们的竞争和观众们的欣赏鼓励和感染了我，构成了儿童节巨大的乘数效应。从此我才认真参与学生的活动，专心读书，那学期得了班上第三名，之前我从未关心过自己学习成绩的好坏。从这个良好开端起，直到高中毕业，我读书一直是全班第一。我永远记得我爱上学习是始发于那个积

芭 蕉 飕 飕

极参与的儿童节。

回首往事，成年后我的一生太忙。忙于学习，忙于历难和忙于工作，无暇于各种各样的佳节，从未深入参与。去年交班以后，突然醒悟，好不容易有了七八分闲，五六分劲，三四吊钱，为什么不多多参与一些节日活动？

打听到瑞士有个名气大的蒙特勒爵士音乐节，我来了，当然也因为我酷爱音乐。令我惊喜的不仅是各种各样的演出，音乐厅的、广场的、街边的……还有，哎哟，这么多人，各色人种，男女老少的参与！令我大开眼界的是，没有一个男士着西服领带，没有一个女士着晚礼服。男士T恤居多，女士无袖多过有袖，不少人趿着拖鞋，那么随性，那么轻松，甚至那么癫狂！

我听懂了哪些好曲子？一首也说不上。但我感受到了那些乐曲的情绪，或轻松，或奔放，或忧郁，或亢奋。众人的参与鼓励了我的投入，众人的感染使我倍加激动。万众亢奋了，忘形了。那种狂欢的氛围陶醉下我也忘乎其形。忘记了自己的年龄，忘记了自己的所在，忘记了微信传来的些许烦恼，在音乐世界里我了无牵挂地徜徉神游。

老外们听懂的音乐比我多一些吗？也许多一些，也许差不多。我凭什么这样说？看，他们排队买食品和排队买演出票的队伍一样，很长很长很长。再看，在湖畔游荡，或立、或坐、或躺的人和在厅里、场上、街边听音乐的人一样，很多很多很多。音乐好像只是人们欢畅的载体。也许，美好的音乐生态环境熏陶下他们比我更投入、更痴迷。有人随着音乐翩翩起舞，怡然自得，旁若无人，良久良久；有人流连忘返，或三五嘻哈，或

过节

对饮小酌，直到晨星闪烁……

几天来音乐节加深了我的认知。过节是一种多人积极共同参与的过程，是一种多人相互感染的参与；过节是一种生活方式，是一种文明。顺便说说，集体的乘数效应正反两面都有，团伙犯罪比个人犯罪更凶残，个人冲锋远不及抱团的一往无前。

常听人诉说，我们的节日不如外国多，大概我们的父母官也觉察到了。不是吗？今年政府又为我们增加了一个，把每年秋分定为丰收节。

突然想起了逆境时我心中的期盼：

有朝一日时运转，
朝朝暮暮过节来。

过节去！

2018年7月11日，瑞士蒙特勒爵士音乐节

注：
如果深入研究情绪指数的乘数效应，N、M等大于1是快乐情绪，小于1是悲伤情绪，等于1是平静情绪。这有点学究气了，建议大家不必深究。

芭蕉飕飕

回首往事

——找回人生那段精彩

青壮年时,"如春前之草,如长江之初发源"(梁启超语),目光向前,罕有回头。若惺惺作态强扭头,浅吟低唱《再回首》,你就会感到"无尽的长路伴着我",令你泪眼蒙眬,泄了一往无前的勇气。

老叟、老妪则不然,还期盼前程就是人间笑话。频频回首,忆及多年以前的亲切往事或甜蜜恋曲,多少可以滋润枯燥孤独的老年。

绝大多数老人都是在毫无觉察时突然发现自己变老了,都会显得张皇失措。心里的失落、精神的衰老比身体衰减速度更快。可是,在老同学或老朋友聚会时,一个接一个地回首往事,多年以前的那些精彩时光使大家兴奋无比。鲁迅先生在他的作品里讥讽九斤老太爱唠叨往事,我想,那是因为鲁迅那时还不够老。

18岁到刚满20岁那两年,是我一生的完美岁月。那时的我是一个不问收获、只顾耕耘的好学青年、快乐青年。我是个穷学生,衣着简朴,无钱乱花。偶尔买本特喜欢的书,如泰戈尔的《园丁集》,看场好电影,如印度的《流浪者》。"一箪食,一瓢饮,在陋巷,人不堪其忧,回也不改其乐。"(摘自《论语·雍也第六》)也许,我就是当时重庆一中校园里的颜回。

我既不死读书,也不读死书。感谢那个时代"全面发展"的教育思想,使我懂得了各种知识融会贯通的道理。所以我主攻数学外,也学点文学、艺术甚至体育。还兼任了校文学组长和校女子篮球队教练。

那两年我收获甚丰。学习成绩优异,数学水平也许冠绝校园。19岁时我编导了音乐舞蹈史诗《苏联的道路》,诗歌、音乐、舞蹈、故事、场景、道具都有挺棒的编排和演绎。我执教的校女子篮球队,夺得了重庆市中学女子篮球赛冠军。

那时,我还有一段初恋。那么青涩又那么纯真,没有任何金钱、地位甚至前途的掺杂。虽然老实巴交地没有爱的举动,但却有既炽热又甜蜜的爱的心曲。

后来,后来,后来,我有了财富、名誉和地位,获得了许多人的欢呼与鼓掌。但是,我自己知道,我已没有当初那么完美。我变得有些世俗,闲事休开口,逢人且点头,不敢妄言真善美。老来独处,才知名和利冲淡不了寂寞,唯有美好的过往悠悠地、丝丝地滋润着我。

近日同学聚会,拟了一个主题:多年以前。我们反复听、唱爱尔兰民歌《多年以前》(我国最畅销的歌本《外国民歌200

首》把这首歌排在古典歌曲之首），妙不可言！那旋律仿佛在娓娓述说，甜美清纯，把唱者、听者都带回到各自的多年以前。

> 请给我讲那亲切的故事，
> 多年以前，多年以前。
> 请给我唱我爱听的歌曲，
> 多年以前多年前。
> ……

美好的画面，动人的旋律，哦，每个人都想起了此生中特美好的那一段精彩！眼下和往后的时光也因那段精彩而温馨充实。

年华似水流，曲曲弯弯的人生小河中总有一段美丽的河湾。年老时，那河湾旖旎的风光，值得回眸。

2019 年 6 月 6 日

《延禧攻略》为何大火？

——现代成人童话剧

我看过多部宫廷剧，迄今为止《延禧攻略》(下称《延》)算是最好看的。据说，也是当下最火的电视剧。

《延》为何大火？除了它具有宫廷剧那些权力争夺、钩心斗角、诡谲怪诞，还有更吸引人的地方。

《延》既是步步惊心的宫廷剧，更是寄托梦想的现代成人童话剧。眼下，由于经济下行，创业难，守成难，挣钱难，生活难，不少人情绪低落。他们幻想摆脱现实，躲进他们的童话世界：渴望成功，一吐怨气和寻美觅艳。

渴望成功。谁都希望成功，尤其希望看到出身寒微的人节节攀升。平凡人的成功才能给人更多的感动和鼓舞。剧中的女主角魏璎珞乃绣奴出身，她靠着不屈的奋斗获得了一个又一个的成功，升到主掌后宫的皇贵妃，儿子登上龙位，近乎完美。虽然貌似童话，但确能引起常人的共鸣。

一吐怨气。人生啦，不如意事常八九，憋屈之景近九十。年壮者恨不得抱石头打天，年老者归来依杖自叹息。现实中有怨难申，有气难出，免不了指望在这样的童话中扬眉吐气。《延》中，魏氏女受尽了各种欺凌和屈辱。她睚眦必报，以牙还牙，且都如愿以偿。令施暴者受到恶报，令受屈者一吐怨气。痛快！

寻美觅艳。我们有那么几十年，把美视作异端，批判美，打压美，至今也未给美彻底正名。哪里有压迫，哪里就有反抗；压力越大，反弹也越大。当今的国人对美的追求过度强烈，到了近乎畸形的程度，在影视上甚至超过欧美。《延》的外景、宫闱、服饰、道具、刺绣、色彩甚至插曲、配乐都是一等一的，令观众们大呼过瘾。略举一例。比较《延》和稍后上映的《如懿传》中的帝王后妃的辇舆，后者低了两三个档次，好似省地级官员所乘。演员秦岚、张嘉倪、聂远等都是颜值上乘的名角，让人赏心悦目。有意思的是扮演魏璎珞的吴谨言倒称不上绝代佳人（但演技精湛），兴许编导们真想表达，不靠颜值也能成功。

如果只是一部成功童话，那也难免套路简陋，《延》也不会大火。该剧却有动人的凄美的哀婉的爱情悲剧作调料，爱情故事总是让人百看不厌的。傅恒与魏璎珞的爱情既有舍身救爱的大义，又具刻骨铭心的深情。片尾曲反复吟唱："谁来赔（傅恒）这一生好光景？"不是陪，是赔，情切切、悲戚戚也。

《延》更多是一部现代成人童话剧，就不宜用历史或历史剧的尺度去要求它。研究清史的学者可能对《延》嗤之以鼻，但普通百姓观众，真个是追得不亦乐乎。

2018年8月26日写于《延》首播结束日

《延禧攻略》为何大火？

两个陆焉识

——兼谢友人推荐

看过张艺谋的电影《归来》,感觉不错。"文革"的荒唐、人性的光辉都演绎得很好。一位文学修养极高的好友竭力给我推荐这部电影的原著、严歌苓的小说《陆犯焉识》。起初我还有些不解,影片和原著小说,应该差不多吧。我看过许多改编电影和原著小说,都是一魂二体。大多能忠实于原著,有些还有再创造之功。

慢慢欣赏,一读数月,直至昨晚十点过,我终于读完了原著《陆犯焉识》。依依不舍,余兴浓浓,立即下载《归来》在大电视机上再播。两个作品之间共同之处太少,电影《归来》绝大部分是新编,离原著太远。原著的魂未守舍,最大的不同是两个不同的陆焉识。

这里,我无意研究两者的差异。我想说的是,原著伟大,严歌苓了不起!

芭 蕉 飕 飕

原著内容浩瀚，场面恢宏，最成功的是陆焉识这个人的塑造，真实地反映了社会的变迁。他有起伏的人生经历和多种多样的角色扮演，大知识分子、死刑犯、逃犯。焉识既有渊博的大学识，还有丰富的生活小技巧。座上客的高雅、阶下囚的卑贱都刻画得栩栩如生，入木三分。

关于陆焉识的描写，作者给他打造了三个精彩的个人世界：知识分子的文雅沙龙，劳改犯的刍狗般的服刑场和深闺情场女士们的温柔乡。那么多女性的精彩描写，简直像《红楼梦》里的金陵十二钗。继母恩娘的骄娇，妻子婉瑜的美顺，小女儿丹珏的亲近，大女儿丹琼的移民天真，孙女学锋的隔代默契，都描写得有血有肉，也都围绕着主人公焉识的命运展开。主人公在美国和重庆的那两位情人都那么可爱迷人，又那么令焉识觉得内疚和对不住妻子。更精彩的是，两段婚外情是离乱生活的无奈和必然，读者很容易谅解那两位女性。严歌苓还写有《天浴》《金陵十三钗》《芳华》，塑造了许多独特的性格鲜明的女性。她真是一位长于写女子的女作家。

当然，所有的女人中着墨最多的还是妻子婉瑜。她顺从、温柔、多情、美貌，从包办婚姻的随波逐流到主动强烈忠贞的爱的转换，令她的丈夫开始不情愿地接受她，到后来生生死死地恋着她。严歌苓塑造了一位典型的三十年代的温婉贤良的东方美女，又塑造了一位时代洪流中被折磨、被蹂躏的典型的犯属。拨乱反正后丈夫平反了，婉瑜甚至入党了。可她的记忆渐渐丧失，老年痴呆了，令读者无限酸楚。我脑海中浮现出四十年代国内最哀婉的歌剧主题曲《梅娘曲》：

但是，但是，

你已经认不得我了，

你的可怜的梅娘……

《陆犯焉识》一书，也可以有个副书名《犯属婉瑜》。

当然，书的第一主角无疑是焉识。他高大英俊，多才多情，注定了他丰沛的女人缘，吸引着读者。但是更核心、更浓墨重彩描述他的是犯——人犯、死刑犯、死缓犯、无期犯。围绕这个犯字，严歌苓使足了劲。作者描写了我们这个时代的无罪之犯、无悯之犯、无魂之犯，展现了犯人与犯人之间、犯人与管教人员之间的奇特关系。许多世界名著如《双城记》《悲惨世界》《基督山伯爵》《肖申克的救赎》，都深刻地描写过罪犯的处境和思想，但恐怕都不及陆犯焉识的遭遇那么悲惨、那么卑贱和那么诡异！最惊人的是焉识在生还无望的阿鼻地狱里那种不可思议的坚韧的生命力。最可贵的是行尸走肉般的无期犯陆焉识居然冒死保护了管理者邓政委的妻子，在昏暗的西北大沙漠里也闪烁着人性光辉，即使只有那么一丁点儿。

电影《归来》的陆焉识就苍白了许多。首先承认，导演张艺谋、主演陈道明和巩俐都下了功夫，结果也算成功。但对比原著就相形见绌了。整个电影故事可概括为一句话，平反归来的悲剧。电影中的婉瑜的戏份多过焉识，焉识缺少了原著的那三个丰富的个人世界。正因如此电影才不好用原书名，而选择了《归来》，对归来的叙事多过了人的描写。电影里的焉识少了些书卷气，逃犯冒失回家显得鲁莽。原著里的焉识逃出了劳改农场，最后又选择了自首。监狱"大学"教出来的"学子"大都精明谨慎。《归来》亲情渲染浓，爱情描绘淡，也使得焉识的形象少了些情调。

我猜，严歌苓的小说情节太跌宕甚至太诡异，不是那么好改编成电影的。（因为我读她的作品不多，只能猜测。）所以到了电影《芳华》，她干脆自己来执笔改编。电影《芳华》展现了更多的女性美的特质，也许《芳华》才更是严歌苓。

我不停地问自己，作者哪来这么丰富的经历，甚至把封闭的劳改农场的炼狱生活都能生动地展现在读者面前？那是可以体验的吗？可以调查的吗？那么多细节和心理描写大多是她卓越的创造，她超凡的想象力！谢谢朋友的推荐，让我有缘得识大作和大师！我为这个时代有伟大的《陆犯焉识》和风华绝代的严歌苓而庆幸！

2018 年 8 月 31 日

春去秋来颜色老

——忆王丹凤的《青青河边草》

94岁的"一代女神"王丹凤仙去了,令人感伤。

1947年我九岁,从老家乡下来到重庆城。高楼大厦、汽车和电影是大城市给我这个乡下娃留下的三大印象。

电影中画面精美、人能行动讲话令我大为惊奇。那时我正迷恋《封神演义》《江湖奇侠传》等武侠小说,立刻认定电影就是武侠小说中的仙境仙人。看了电影《青青河边草》,也认定那个美丽的演员王丹凤就是仙女。

《青青河边草》一开场就是抗日战争中难民逃难的场面。王丹凤饰演的主角蓝菁的父亲死于日机的轰炸扫射。我在剧场里差点哭出声来,被我二哥用手捂住了嘴。我的老家涪陵新妙场,是下江难民步行逃往重庆的必经之地。他们扶老携幼、背包挎伞、成群结队地远行,常在我们街上歇脚进食,天晚了就露宿在寺庙或房檐下。富裕的难民乘飞机、轮船、汽车进四川,长途跋涉走向重庆的都是穷苦难民。看着他们褴褛的衣衫、粗糙的饮食和疲惫的模样，令街坊们感慨流泪，无论老少。王丹凤他们的逃难，是我亲眼得见的难民潮的重演。日机的狂轰滥炸、其父的身亡镜头，儿童的我怎么也忍不住哭泣。

棒打青年情侣，男的上了战场，女的留在后方。乱中重逢本应如约成婚。可怜青草般柔弱流落后方的孤女，生活艰难，曾被糟蹋，无颜面对情郎，逃婚远遁。情郎战场眼伤扎着绷带住院。感觉护士声音熟悉而照顾又特别细心，胜似家人。待到眼睛拆开绷带时，护士又逃走了。他终于明白那就是他的爱侣，不顾一切追回了他的心上人。

战乱中的生死恋，俊男靓女的精彩演绎，换来了满场泪雨。电影中多次穿插的优美的主题曲《青青河边草》歌词隽永多情，曲调悠扬婉转，抚慰着落泪的观众，增强了人们对战乱和爱情的记忆。

成人后我才知道《青青河边草》改编自美国大片《魂断蓝桥》。但移植的故事和国情时境贴切，主角王丹凤、严俊的表演均属上乘，故好评如潮。《魂断蓝桥》的插曲《友谊地久天长》和《青青河边草》的插曲《青青河边草》都成了流传久远的歌曲经典。

八十年代琼瑶也写了部电视剧《青青河边草》。令人烦恼的是各音乐网站搜索歌曲《青青河边草》，大多都是琼瑶的电视剧插曲。（得知琼瑶控告于某抄袭，我私底下骂了一声"报应！"）那诵经式的旋律实在不敢恭维，倒人胃口。百度上关于王丹凤的网文甚多。大多只提她新中国时期的作品，很少提及她的《青青河边草》。她新时代的作品我也看过多部，如《护士日记》《家》《桃花扇》。但我偏爱《护士日记》，也许是我没法忘记她在《青青河边草》中扮演的那一个护士。

王丹凤是幸运的。老天赋予了她美貌、长寿和表演才能。更幸运的是，只有极少几个演员，如赵丹、白杨和她，在新旧时代都能得到珍贵的表演舞台，受到广大观众的喜爱。只是，再幸运也逃不掉春去秋来颜色老的规律，再美的仙女也会仙去。提醒我们生者欢爱须及时，无论对你的事业、家庭，还是亲友、爱人。

　　谨以电影主题曲《青青河边草》来纪念影星王丹凤和唤醒我的至爱亲朋们。

　　　　青青河边草，
　　　　相逢恨不早。
　　　　莫为浮萍聚，
　　　　愿成比翼鸟。

　　　　青青河边草，
　　　　春去秋来颜色老；
　　　　欢爱须及时，
　　　　花无百日好。

　　　　青青河边草，
　　　　为君洒泪知多少；
　　　　梦里常相聚，
　　　　觉来隔远道。

　　　　青青河边草，
　　　　为君洒泪知多少！

2018 年 5 月 2 日

芭 蕉 飕 飕

燕子和乌鸦

在黄水避暑,站在宾馆阳台上眺望,一片苍翠的树林上空,有几十上百只燕子在空中来回飞翔,勾起了我儿时的一些回忆。

儿时家乡的天空,常常有好多好多燕儿在空中穿梭飞舞。我好喜欢燕儿的美、燕儿的舞!我家临街的第一间厅堂梁上就有一个燕子窝。在我居住老屋的十三年里,那燕子窝一直在那里。燕子冬天飞走,春天回来。我家在梁上给燕子钉了块竹编的筑巢底板,约五寸见方。一对燕子便衔泥在底板上筑起一座精美的燕子窝。一滴滴比黄豆略大的泥土混合着草茎和燕子的唾液黏结而成,甚为坚固。燕巢外形肚大口小。肚大能睡下它们一大家子六七口,进口收窄可以挡挡风、烟什么的,我想。

后来我发现,街上大多数人家里都有一窝燕子,家家都把屋中的燕子视若家人。把我们新妙场叫作燕儿镇也不为过。

清晨,母亲带我上街,大门刚开一条缝,那两燕子便"嗖"的一声夺门飞出,急不可待地早出觅食。晚上关大门前,它们总是先已回巢,不给主人添麻烦。它们从不在我们屋内拉屎抛物，爱舍如家。有时，窝里也传出欢声笑语。叫声清脆、轻巧，呢呢喃喃，亲切悦耳。记得有一次，一只刚长了毛但还不能飞的雏燕不知怎地从窝里掉到地上，父燕母燕无法把它送回巢里，绕梁哀鸣。这可惊动了我们一家。我母亲轻轻把它捧起来，还好，没发现受什么伤。我急忙喂了它两粒软饭。我父亲搬桌子搭凳子轻轻把它送回窝里。窝里立即响起了燕儿一家的欢叫声，我们听不懂，但都明白那是欢喜和感激。我们一家人相视而笑，分享着它们的欢乐。从那以后，我们天天关注那只跌落的雏燕，直到它父母领着它飞向蓝天。

家乡最多的鸟是燕子，其次当数乌鸦了。每天清晨乌鸦成群结队，数目成百上千，从西边十多里远的山林飞出，经过我们的街镇向东边飞去，也不知它们飞到哪儿去。每天傍晚，晚霞中它们又成群结队地从东边回来，飞过街镇飞回山林。就像当下城里的上班潮和下班潮一样。我几乎未见过单飞的乌鸦，它们几乎不在有人的地方落脚，更不会逗留在街上、栖息在人们家里。

燕子亲近人，人们喜爱燕子，生物学家把它们取名叫家燕。乌鸦远离人，人们莫名其妙地厌恶乌鸦。（据说，有些地方的民俗却喜欢乌鸦。）我们乡下把乌鸦叫做老鸹（川人念"老哇"）。俗语"乌鸦笑猪黑，自己不觉得""鸦巢生凤"等等，含义都是贬损乌鸦的。连乌鸦的叫声人们都认为不吉利。我小时候谈不上喜或厌乌鸦，但却模模糊糊地佩服它们的集体行动的精神和远飞的能力。成人之后才知道乌鸦是益鸟。专家研究它还是最聪明的鸟，大家都听说过"乌鸦瓶中喝水"的故事吧。还有专家观察到，乌鸦还会简单地"加工"树枝，并用树枝从岩缝中掏食物。

1948年秋，我念初中一期。语文课本上，有一课编选了两首诗贬燕颂乌。那是白居易的《燕诗》和《慈乌夜啼》。

燕诗示刘叟

……

一旦羽翼成，

引上庭树枝。

举翅不回顾，

随风四散飞。

雌雄空中鸣，

声尽呼不归。

却入空巢里，

啁啾终夜悲。

燕燕尔勿悲，

尔当返自思。

思尔为雏日，

高飞背母时。

当时父母念，

今日尔应知。

乐天大师批评雏燕翅膀硬了就扔下父母远走高飞。

慈乌夜啼

慈乌失其母,
哑哑吐哀音。
昼夜不飞去,
经年守故林。
夜夜夜半啼,
闻者为沾襟。
声中如告诉,
未尽反哺心。

乐天大师描写乌鸦丧母后的悲鸣,颂其孝。

大自然中的生物各有其生活规律。它们自我繁衍对人类的所谓善行、恶行出自求生的本能并无主观故意。我们对燕子和乌鸦的时褒时贬,全都是人类自作多情或自怨自艾。人类自称万物之灵,更是万物之霸,让一切生物甚至非生物为己所用。"大跃进"中"除四害"全民动员剿灭麻雀,令麻雀几乎绝种,真是荒诞无稽,残酷无情。

我有好几十年没见过成群结队的乌鸦了,我好想念夕阳西下群鸦归林那壮观的场面。若非黄水一游,也好几十年没见过成群的燕子了。久违了,我的燕儿朋友!这些年来,为什么你们疏远了我们?是我们吓着你们了吗?

2017 年 8 月 19 日

芭蕉飕飕

又见麻雀

为赶爵士音乐节,我来到日内瓦湖边的蒙特勒镇。酒店的露天餐厅里,麻雀飞来飞去,啄食桌上地下的面包屑等,一点也不怕人。我因经商闯荡世界五大洲,所见五大洲的黄、白、黑等人种。在陌生面孔组成的茫茫人海里,我孤独到恐惧,且不说有些人并非善类。可五大洲的麻雀几乎个个一样,没有黄、白、黑之分,都像我儿时老家的那些小麻雀,个个亲切。好久没有这样近距离靠近麻雀了,宛若老友重逢,喜上心头。久违了,小麻雀!

我和麻雀过从甚密。打我记事起,从早到晚它们都在绕着我家老屋飞来飞去,叽叽喳喳。麻雀生得小巧玲珑,羽毛光亮,行动灵巧,鸣声清脆,真是人见人爱。小小的我,从未受到过它的欺负。我喜欢看它,喜欢喂它,喜欢追它,还想捉一只来天天陪着它。我找了个大男孩来帮忙,用筛子、筷子、绳子布了个机关,逮到了一只麻雀。那个大男孩用剪刀打算剪短它翅膀上的羽毛,说:"这样它就飞不走了。"

"不要剪！不要剪！"我母亲见状大声阻止，幸好那麻雀的羽毛只被我们剪了少许。母亲怜悯地说："它也是条命！"我把麻雀养在一个纸盒里。母亲吩咐："纸盒不要加盖，它想飞就让它飞走。"我一放手，麻雀振翅一飞，跌落在地。

这只麻雀受到我们一家人的照顾和宠爱，我们都叫它"小雀雀"。全家人天天都来看它，母亲琢磨它的食物，我负责挖曲蟮（蚯蚓）供养它。晚上把它罩起来，防止猫儿或野物侵犯它。我们没套它，没关它，它每天都试图飞出纸盒，每次都跌落在地。几天后，它终于飞走了。

那以后，凡是飞来我家的小麻雀，我们都认为是小雀雀回家来了，都亲热地叫它"小雀雀"。无论麻雀在我家吃米吃粮，我们都不会赶它。我终身不赶麻雀，不打麻雀，更不吃麻雀。真的是小雀雀回我家来了？谁知道！待它亲，心就甜。

长大了，才知道麻雀和我们人类是那般的亲近。书上说"麻雀虽小，五脏俱全"，毛老人家也号召"解剖一只麻雀"。小时候，大人们对我们说："千万不要去捉麻雀，捉了后写字手会抖，一辈子写字都像鬼画桃符！"当下，国人最流行的麻将牌，有些地方也叫它麻雀牌。中学时代，我最喜欢听的歌曲中有一首就是范裕伦唱的：

……
　　洪水朝天我不怕哋，
　　我变个麻雀嘛飞上天。

芭蕉飕飕

我好想像麻雀那样无忧无虑，自由飞翔。

想不到那么无忧无虑的小麻雀也有飞不上天的时候。上世纪五十年代麻雀居然被钦点为"四害"之首（其余三为老鼠、苍蝇、蚊子），沦为"除四害"的"运动对象"，全党共诛之，全国共讨之。我也参加过一次"除四害"赶麻雀的大屠杀。那是1958年的一个秋天，沙坪坝区不知动员了多少街道、多少学校、多少工厂，估计有数以万计的人同时参加。人们个个手中拿着锣鼓、面盆、响篙、竹梆等响器。天空飞来麻雀，无论多少，响器一律敲响，人人高声驱赶："Sui—!"声震大地，真有喝断桥梁水倒流的气势。麻雀们找不到落地憩歇之处，被迫飞啊、飞啊……飞呀、飞呀……飞、飞……终于成群成群地累得掉下地来。我敲着我的洗脸盆，没使力；跟着大家喊，没使劲。我在想，那些累死的麻雀中，有没我家那只小雀雀的后代或亲友。

华夏大地有一种既奇特又常见的行为叫平反，小动物麻雀几年后也终于熬到了平反之日。三年灾害后言论较宽松的那些日子里，有一些生物学家直言，麻雀虽吃粮食，更多是吃害虫，利远大于害，划成分应定为益鸟，被上层建筑采纳。然而"除四害"已经进入中央文件，不宜改为"除三害"，便抓了个臭虫来顶缸。"除四害"之说依然。

麻雀是人类的近邻，是人类的朋友。我七十多年前的玩伴、我那同病相怜的朋友——小雀雀，你们还好吗？

2018年7月10日

又见麻雀

戊戌又重来

谁不知道戊戌变法？除非他初中也没上过。

1898年为戊戌年，9月21日，慈禧太后发动戊戌政变，光绪皇帝被囚禁，康有为和梁启超逃亡国外，谭嗣同等戊戌六君子慷慨就义，终止了历时103天、史称"百日维新"的资产阶级改良性质的戊戌变法。

史载，变法内容特多，政治改革，教育改革，还鼓励办私营企业等，在中国历史上留下了浓墨重彩的一笔。可惜我们这一代人没赶上，读史时，读到谭嗣同的绝命诗："有心杀敌，无力回天。死得其所，快哉快哉！"令我等小儿热血贲张。

上上个戊戌年是清朝宫廷里的折腾，上一个戊戌年则是全民热闹、全国人民轰轰烈烈的1958年"大跃进"。粮食亩产多少万斤，大炼钢铁一年产量可以翻番，赶英超美，一天等于二十年，号召大家"少活十年，幸福万年"。这个戊戌年被我赶上了。

还记得"大跃进"戊戌年的许多新鲜事物。吃饭不要钱的公共食堂，是中国人千古第一喜；稻田高产人可以睡在密集的稻穗上，害得领袖们担心粮食吃不完咋个办；像鸡窝似的奇异炼钢炉，炼钢人可以七天七夜不下火线；不计其数的民间诗人、画家涌现；反右复查划的右派比1957年还多；麻雀飞着飞着从天上掉了下来，等等。

今天又进入了戊戌年。我想，今年有许多值得期待。最高法院的一号文件是保护企业家，顾雏军、张文中等民营企业家大案由高院重审（并不是发回）；由于扎扎实实的反腐运动，没人敢来向企业索贿了；元月份新增贷款2.9万亿创历史新高；无人驾驶汽车会开始上路；据说今年的全国人民代表大会会期比以往长很多，等等。我看，今年民营经济会向好，民营经济好了国家经济就会好。到下一个戊戌年时，会有人来讴歌当下这个不平常的向好的戊戌年。

令人惊奇的是，熬过"大跃进"戊戌年的人们并未少活十年。我的中学同班平均年龄已达79岁，似乎还多活了10岁。大炼钢铁虽说炼出了几百万吨钢渣，但人们倒像百炼成钢了。"少活十年"未成现实，"幸福万年"许能兑现，也许不只是万年而是万万年。戊戌年好事不少，但不知为何总有那么几丝担忧。

在风水、轮回之说盛行的这片土地上，我也难以免俗。

今日隐忧些许事，
只缘戊戌又重来。

写于戊戌年第一天清晨

好想跳舞

身为中国人,常常自豪,因优良传统,因经济腾飞,等等。身为中华汉族人,不时惭愧,不时自卑,当别人轻歌曼舞之时。

世界上有许多民族都能歌善舞。他们在欢乐、哀伤、求爱、祭祀等时,无不手舞足蹈,踏节而动用歌舞来表达。那么随性,那么自如,那么甜美,好令人羡慕!可我们呢,在该唱时张不开口,在该舞时扭不好腰。口凝舌重,手硬足僵,愧不如人!

汉族的老祖宗们大概也是歌舞由人的。西汉学者毛亨为《诗经》作序云:"情动于中而行于言,言之不足,故嗟叹之,嗟叹之不足,故咏歌之,咏歌之不足,不知手之舞之足之蹈之也。"为什么汉族在歌舞能力上衰退了?也许,历代汉族那一整套统治的体制把臣民们训练得规规矩矩、本本分分、木木讷讷。

千百年的习惯,千百年的桎梏,我们在他人面前没有跳舞的勇气,也没有献舞的技巧,会羞涩,会发窘,会胆怯。说实话,我从未见过我父母跳过舞,猜想祖辈、曾祖辈也没跳过。用进废退的铁律,使我们越不歌舞越不善歌舞。我亲眼看过新兵下操、学齐步走时有人竟同手同脚，令我哭笑不得。

我随 W 副总理出国公访过。记得在我国驻华沙大使馆开过一次访员、馆员联欢晚会，约定人人献歌。轮到我时，我推三推四羞于出场，还是总理她提议陪我齐唱才解了围。那晚，我也未曾下场跳舞。当时我好难堪！今天想起来也好羞惭！

可是在 1950 年我 12 岁时，在家乡的儿童团演出队里我还是唱歌跳舞的主角。最难忘的是和周姓小女生共同领舞《布谷声声》：

布谷声声，

田里水飘飘，

咱们大伙从早到晚，

弯背插秧苗插秧苗……

曼妙轻歌中，我们用舞姿描绘蓝天白云、绿秧青水，描绘插秧的辛苦、劳动的美好。那歌那舞温馨了我整个的童年。

为什么成人后我反而怯场了？我们的中学没有舞蹈课，也几乎没有跳舞的活动。也许是书读多了，训导多了，按老传统得非礼勿言，非礼勿行；依新风尚得革命、战斗、跃进。我们的手、足、腰强壮了，僵硬了。一个活泼的儿童训练成了一个不苟言笑、不擅歌舞的老成少年、木讷青年。再不然就一蹦三尺高，冲啊——！打倒——！

幸而日本人发明了卡拉 OK，提高了大家的演唱水平。因为那设备降低了唱歌的难度，那氛围减轻了唱者的羞涩。卡拉

OK在日本已经式微，在华夏大地却长盛不衰，因为这里我们有唱歌的巨大需求。君不见，许多熟悉的长官、老板、同事、邻里，K歌水平之高常令人惊诧，大大出人意料！可惜还没有一种类似卡拉OK的舞蹈发明，令人不害羞，使舞蹈容易学，让人舞起来。

同学聚会，有袁同学伉俪起舞，如鸾凤和鸣，如凤凰齐飞，看得我心动、脚痒、手酥，一个劲想跨进舞池。我从心底呼喊：我想跳舞，我想美美地舒展身姿，尽情地跳舞！七八十年的历练，我能够用诉说、嗟叹、书写、歌唱来表达我的喜怒哀乐，我为什么不能用美的舞蹈来表现？再者，舞蹈可以使我的四肢变得舒展轻盈，舞蹈可以把我的体态变得挺拔优雅。在舞蹈的乐园我还可以结识一些精灵般的舞友。更有甚者，我的体衰会因舞之蹈之而缓缓，我的老去会因载歌载舞而慢慢。舞蹈是诗，它追逐青春也眷顾暮年；舞蹈是画，它描绘晨曦也渲染夕阳。

舞乃人间大乐啊，生而为人竟弃而不弄，枉来凡尘！音乐，起——！

2017年5月9日初稿，2019年3月1日修改稿

不如跳舞

——谈广场舞

跳广场舞（坝坝舞）的人越来越多了，全国以千万计吧。而且地不分南北，城不论大小，风起云涌，势不可挡，风靡一时，成了当前社会的一大文化现象。

跳舞者全都是乘兴而来，尽兴而归，自发自为，无须号召，无须补贴。需求各色各样，但心灵深处都有一个共同点，就是对美的追求。吊诡的是，反对者同样追求美，只是认为广场舞不美而不能接纳。

广场舞扰民，深夜喧哗，占道阻行，霸场碍业，有个企业的收费停车场，晚上也被舞者们强占一块，这些都是广场舞招致反对的原因。于是乎高音炮、放藏獒、扔老鼠等反对手段层出不穷。但反对者不谅解、不宽容的深层原因是认为广场舞的舞姿粗鄙，音乐刺耳，心生厌恶。

广场舞者中的多数人是中老年女性，前几十年的生涯缺少美的熏陶。他们的儿童少年时代被灌输的是"不能那么雅致、那么温良恭俭让"。不爱红装爱武装，斗争暴力成了行为圭臬，美与和谐被嘲笑、被凌辱。在这样的环境中生活多年，难免心变硬，手变僵。今日舞动起来仍脱不了当年造反舞、忠字舞那个味、那个型。造反舞、忠字舞的音乐高亢激越并伴以锣鼓喧天或口号呐喊，雄音绕梁，舞起来不自觉间就武味十足。"搞惯了手脚"的年长者，手硬、足僵非一日之功，曼妙轻盈着实困难。年纪不大的舞者，因眼界修养的局限，虽多一些青春气息，也不易婀娜多姿。

几十年来，音乐课在中小学是副科，是"豆芽"学科。多数舞者下场前音乐教育、音乐修养不足。下场后心灵融不入舞曲的乐感，身体展现不出曲调的韵律。他们不擅长挑选舞曲，无能力配置中高档的音响，加之空旷的广场音响效果空泛，这样的伴舞音乐就使得舞者难升华，反对者更不悦。

改革开放以来，新思想、新环境、新生活唤醒了人们心中的美。或自发或受邀，人们走进广场，先看热闹，后学跳舞，再痴迷于舞。他们旁若无人，自得其乐，不睬讥讽，不惧打压，不计得失，无论寒暑，虽说只是在美的边缘徘徊，但从未停止对美的追求。苍天不负有心人，他们的舞姿音乐都在不断地改善。听朋友讲过，某歌舞团一对夫妇，丈夫是舞蹈编导，妻子是舞蹈演员，他们难以忍受小区广场舞的骚扰，又气又恼。万般无奈，便决定参加到舞者中去，改进了舞蹈，改善了音乐。艺术的升华陶醉了舞者，也渐渐消弭了反对者们的怨气。近日网载，已退休的中国工程院院士刘先林对记者说，他将陪老伴一同去跳广场舞，广场舞渐渐美起来了。

  人都有幸运或不幸的时候，跳舞可使幸者欢娱、不幸者宣泄。在这个连小学生都逃不过激烈竞争的社会里，胜者累，败者馁，跳舞是治疗胜败双方的良药。世事无常，不如意事常八九，与其忧伤，不如跳舞。

  求人理解，不如跳舞；
  与人争辩，不如跳舞；
  假装糊涂，不如跳舞；
  寂寞难耐，不如跳舞；
  寻找寄托，不如跳舞；
  追求高雅，不如跳舞；
  不如跳舞，不如跳舞……

2017年6月19日初稿，2019年2月16日二稿

~~~~~~~~~~~~~~~~~~~~~~~~~~~~~~~~~~~~

注：

  推荐亲友们去看一部老电视剧《不如跳舞》。剧中有美舞、美乐、美景和美的故事。有老戏骨张国立、刘蓓、钟汉良、范明、买红妹，还有舞姿美妙、惊若仙女的韩雨芹。

人人心里都有伤疤

"除了肚脐眼,他身上疙疤(节疤)都没有一个。"巴蜀人称赞某个人的身体健美时常这样说。肚脐眼形状像个疙疤,其实是人体脱离母体时留下的伤疤。所以说,人身上至少都有一个伤疤。人心里也有伤疤吗?

每个成年人心里也有伤疤。人的一生中难免遭受羞辱、欺压、背叛、冤枉、不公对待或残酷打击,在心里留下伤疤。不同的人,伤疤有大小、多少的差别。部分少年儿童也会受到心灵的伤害,在心里留下伤痕。我13岁时赶流流场谋生,走乡串镇,路上有多处关卡要查验通行证。我的通行证期满后必须去村农会主任、村长和村武装队长三家去盖章更新。一路上免不了有人骂我"地主狗崽子",也免不了有人唆狗来追逐我。那委屈在幼小的心中留下了伤痕。

莫要揭自己的伤疤,身体的、心灵的都莫去碰。本来已经结痂了,没有了什么疼痛。你一揭开,就会鲜血淋漓,有可能再度发炎,伤害自己。

芭 蕉 飕 飕

大约在三四岁时的一个夏天，我很无聊，对自己身上的肚脐眼很好奇，还以为天底下只有我才有这个奇怪的疙瘩。翻来翻去看，发现我肚脐眼里面有垢，花了不少力气去把垢掏出来。也许被指甲轻微划伤了，也许被细菌感染了，后来肚脐红了，肿了，痛了。我老妈气也不是，笑也不是。

我们知道，右派分子大多是有学识、有能耐的精英。二十余年后他们得到了改正，落实了政策。几十万右派分子改正后取得大成就的实在不多。他们的学识能耐没有得到好的发挥，为什么？据我观察，他们中有许多人念念不忘受到的不公，常常抱怨他们受过的屈辱，咬牙切齿记恨那些整过他们的人。这就是自揭伤疤，自我伤害。坏情绪伤了自己的智慧，损了自己的身体，在抱怨中碌碌无为地度过余生。凡是把心中的伤疤捂好，不计过往，向着未来，再度焕发斗志的右派分子，他们的智慧和才能都能充分发挥，成就辉煌，如像周总理、王蒙、刘绍棠、流沙河，等等。我心里的伤疤不计其数，可我很少去碰它们。老天拍拍我的脑袋曰："孺子可教也！"

别人的伤疤不能碰，更不能揭。老一辈告诫我们："见了癞子莫说光，留点口德。"揭别人的伤疤，轻则结下个冤家，重则多了个仇家。世上的争吵、斗殴、仇杀、世代结仇，不少祸端都是由揭人伤疤引起。

这个世界人人心里都有伤疤，故而这个世界需要温良恭俭让。捂好自己的，莫揭人家的，让社会和谐，天下太平，不亦乐乎！

2018年12月7日

三悟"修行"

修行,无疑具有庄重感、神秘感,不是那么容易悟透的。八十年人生,我对修行的参悟大致经历了三重境界。

一、早悟:**修行者乃圣贤、侠士**

儿童时我爱看武侠小说。剑仙侠客大都苦修苦练,修行大成后方行走江湖,行侠仗义。进入少年才知道武侠小说是创作的或者说是编的,难免令人生疑。但游记文学是旅行者的亲历,我相信它们的真实性。瑞典人斯文·赫定先生的《亚洲腹地旅行记》,记录了一些中亚伊斯兰教和西藏佛教的高僧的苦难修行。他们或打坐于高危柱顶,或幽闭于阴暗山洞,远离人间烟火。他们出家遁世,主动吃苦,自愿受难,不怕牺牲的修行令我敬佩不已。更了不得的是,正是这些修行的先知、高僧,为人类留下了大量的文化瑰宝,如《道德经》《佛经》《圣经》《可兰经》等等,叫信徒们诵读以普度众生。

少年儿童时我印象中的修行大都是宗教的，到了青年时期才知道修行可以是非宗教的。一个人努力修炼自己的品行，或温良恭俭让，或仁义礼智信。言行检点，日三省吾身。穷则独善其身，达则兼济天下，等等。那也被人们称为修行，修炼品行。刘少奇的《论共产党员的修养》其实也是倡导修行的专著，党员或非党员都可参照践行。

青少年时代我理解的修行是神秘的、崇高的、圣洁的。修行者大多是先知、高僧、侠客、贤人和为革命献身的先烈，他们修行是为社会和为人类立功、立德、立言。

二、中悟：苦难者亦修行

成人之后，我见到不少人蒙冤蒙难，苦难逼着他们修行。其中有一位和我交往多年的同龄人，罹难彻底改变了他的命运。

蒙难之初，大祸临头，他失去了已有的一切，断绝了往来的全部，痛不欲生。身边的人，包括亲人和恋人，或主动或被迫离开了他，这种息交绝游的孤苦生涯，令他历练了许多。

环境迫使他紧开口，慢开言，三思而后行。未蒙难时，由于天资加勤奋，他是个学霸，相当自负。待到平反落实政策之时，他已修成了谦虚谨慎的品行。当然，那是逼出来的，因为逆境中他"乱说乱动"就会招来横祸。

苦难中他不计收获，只顾耕耘，清心寡欲，几无奢望。因为落难的身份不会给他什么收获，也不会满足他的欲望。尽管这些良好的品性都出于被迫，出于无奈，但习惯成自然，慢慢地成了他自觉自为的言行。

我熟悉的他，天性喜欢热闹，从小就是个"人来疯"，长大后也怕放单。苦难把他身边的人全推走了，留下他茕茕孑立。天长日久被动的"逼独"演进成主动的"寻独"。苦难还铸就了他的隐忍、坚强、克己、谦卑，成就他"在独处时能谨慎不苟"的慎独境界。

　　人生如逆旅，
　　我亦是行人。（宋·苏轼）

世事无常，天下受苦受难的人很多。据我观察，苦难即是修行，具有普遍性。只是，因苦难而修行的他们，不再是我青少年时代理解的那些修行的圣贤。

三、晚悟：凡人也修行，只要专注和无碍他人

近来，我身边有个朋友迷上了网游，白天见缝插针玩，晚上玩到午夜。一开始我并不认同，还耗费口舌去规劝他。

他问我："我妨碍谁了吗？"我无言以对。他没有骚扰亲友，没有妨碍四邻，没有危害社会。他也没有嗜赌输钱，触犯法规。我想，他的专注，他的癖好应该被容许。

我突然顿悟这种无碍他人的专注，和出家念佛那种专注并无二致。绝大多数出家的修行者并没有立出什么德、功、言，他们真正的共性是专注和无碍他人。寺庙里众多的僧或尼，他

们的专注虽无大善却无碍他人,我们把僧尼的行为称之为修行。那些专注网游或专注别的什么的人同样虽无大善也无碍他人,为什么我们不可以也同样称他们为修行?

"一蓑烟雨任平生",他们高兴干吗就任由他们干吗去。无碍他人的专注就是一种修行。专注发明、专注学问、专注写作、专注书法、专注摄影、专注插花、专注烹饪、专注健身……只要无碍他人就是一种修行。迷恋广场舞的人越来越多,越来越痴,如果他们没用噪声、占道等来妨碍他人,我们也会视他们的行为为修行而给予尊重。

四、结语

经历了三重境界的领悟,我心中的修行者从高高在上的圣殿逐渐降落凡尘,从圣贤侠士到世间的受难者再到专注什么的凡夫俗子。修行的基本要素只有两个:专注和无碍他人。不必要求修行者必须立功、立德、立言,不必在意修行者的成败是非。

是非成败转头空。
青山依旧在,
几度夕阳红。(明·杨慎)

2018年5月5日

心结

——别让愁肠千千结

昨天我在一张照片上标注年月，竟然把2018年写成了1958年，看过多遍也熟视无睹，直到一个朋友看到后给我指出。怎么会这样？原来1958是我的60年一轮甲子也磨平不了的一个心结。

结，巴蜀人叫疙瘩，原意是绳子打结。人类在有了语言之后、尚无文字之前用结绳记事，甚至结绳而治。靠绳结的大小、距离来记下或传递不同的信息。

上世纪三四十年代，乡镇的小孩裤子都没系皮带，而是用绳作裤腰带。我们川东一带多用一种棉线编织的扁平的鸡肠带。蒙童时，我一不小心打了个死结，如厕后半天解不开，急得上头快冒汗，下头快滴水。是我的老妈手把手教我打活结，巴蜀人叫活扣（"扣"念一声），才让我免去死疙瘩的麻烦并受用终生。这个活结永远连接着我们母子，纵然是天人永隔。

成人之后才明白，有些怎么也忘不掉的事物宛如人心上的一个死疙瘩，常常左右人的情绪，成了个解不开的心结。人一生的心结远远多过自己打过的绳结。谁都难免柔肠百结，我亦如是，且说两个。

一个是足球情结。我投资重庆足球坚持了十七年，花钱无数，花的心血更难计量。虽有万人赞扬，也有千人唾骂。爱足球、爱家乡，挨骂也忍着受着，但也笑着慰着。巨大的金钱冲击和舆论挤压，心结都没有碎。黑哨假球令人捶胸顿足，心结也未消融。因为这个结是情爱之结、喜好之结。问世间情为何物，情之结岂能说解就解？

再一个就是"1958结"，或者说"1958劫"。1958年，人们都知道它是"大跃进"之年，折腾了亿万群众。相当多的人并不知道1958年还是反右运动复查年。那年划的右派分子和暗管的"不戴帽的右派分子"都比1957年多得多，令千万人万劫难复。

那一年，我身上本已积累了多道光环：优秀学生（学霸）、校文学组组长、夺得全市冠军的校女子篮球队教练、思想和艺术水平都不低的大型音乐舞蹈史诗《苏联的道路》的编剧和导演，等等。"人在家中坐，祸从天上落。"在反右复查运动中我陡然挨批判，受处分，档案还记上"有右派言论"，被打入另册。所有的光环全部砸碎，充满希望的学业、事业、爱情全都毁灭。表扬我、夸奖我、喜欢我的师长、兄长、女友、同学全都离我而去。尚未跨出校门的我瞬间变成了连人都不是的牛鬼蛇神。1958年我遭受的惊天劫难相当于"埋了没死"，从此结下了一个死结。尽管1979年给我平了反，历经21年的苦难，那心结被戳、踩、压、融、凝、锈、蚀，成了一个解不开的死疙瘩！

1958成了我一生最恐惧、最难忘的数字，也是我下意识常用的数字。于是，编密码我会无意中用上1958，微信号也用了1958，落款日期本该写2018，不经意也会写成1958。

　　同学老许是1958年和我同入牛棚的难兄难弟。眼下他已患上中度老年痴呆。无意识中他还不时作惊作寒地尖叫："他们又整我来了！"他患的究竟是老年痴呆，还是受迫害妄想症？他的"1958结"比我的更大、更死，也许快堵死他的血管了。我一生阅人无数，唯老许的头颅最大。初中时他便有雅号"开山脑壳"①，聪明绝顶。他自个儿戏称："老子的脑袋世界第三大，除了苏格拉底、列宁，就数我！"可眼下他木讷、委顿、双目无神；腰弯，不直，腿曲，不伸，佝偻憋屈，仿佛被一种巨大的力量把他的身体挽成了一个结，1958结。

　　情爱心结、喜好心结，令人大喜；恐惧心结、悲愤心结会缠人一生、磨人一世。

　　愿我的至爱亲朋：

　　　　没心没肺爽爽过，
　　　　　别让愁肠千千结。

2018年5月30日

注：
① 川人称斧头为开山。

芭蕉飕飕

冬至说至

——兼说惯性

今天冬至，微信群传来了许多问候，令人欣喜。这种新时尚似乎令冬天暖和了些。当过几年编辑，有咬文嚼字的职业病，觉得"至"字可以说点什么。

我四岁发蒙念小学。六岁时父亲担心新学堂不教旧学，便送我去读一学期私塾。学子们早上入馆，必须对馆中壁上的牌位，"大成至圣先师之位"毕恭毕敬地作三个揖。"圣"字我勉强懂，"至"字就不明白了。先生说至圣就是孔夫子，我心嘀咕，孔夫子就是孔夫子嘛，干吗叫至圣。

后来才知道，至就是最高、最大的意思，至圣就是最伟大的圣人，是明世宗于嘉靖九年颁赐孔子的谥号。

念中学时课外读到"人生至乐，无如读书"，深信之。从此奉为人生格言，以读书为至乐，于道于器，收获累累。有亲戚得小儿，请我取名。我灵光一闪曰："至乐"。

至于冬至和夏至，拜恩师陈建文先生所教，初中一年级的自然地理课讲得太明白了。那是因为地球围绕太阳公转时，地轴和运行的轨道平面有23度26分的倾斜，所以公转一周（即一年）期间，太阳光直射到地球表面会在北回归线（北纬23度26分）和南回归线（南纬23度26分）之间走一个来回。冬至的今天，就是太阳光直射到南回归线，到顶了，开始回归北方。对北半球而言，太阳光的直射开始回来了，天气会渐暖，冬天到头了，冬——至——了。

有趣的是，冬至后并非逐渐变暖，而是最冷的数九寒天，"九九八十一（天后），庄稼老汉把田犁。"夏至后也并非立即变凉，而后则是最热的伏天。为什么？惯性。冬至后是寒的惯性持续，夏至后则是暑的惯性持续。

无处不在的惯性我们必须认清楚，处置好。比如，开车时得充分估计本车的惯性冲击，谨防撞上前头的人或车。又如，某人41岁时平反冤案落实政策，本应"官复原职，补发工资"。可受处分时"官"居学生，工资为零，落实政策后还有一段苦日子，惯性。长期穷磨病缠的惯性可能使极度虚弱的他倒下。

把不良惯性熬过，把美好惯性留住，人间许多"至"其实并未至，记住。

2018年12月22日冬至

芭蕉飕飕

美育和美盲

——从抖音谈起

眼下,网络世界最火的是什么?是抖音。据说它每天的活跃成员高达一亿五千万人。存在的就是合理的,它这么火原因想必很多,我也来凑一个,因为它美。满屏是美女、美妆、美发、美姿、美乐、美声、美舞、美操、美景……我们物质匮乏了许多年,一旦条件具备就物欲横流,汹涌澎湃。食品、饮料、衣着、家具、住房、汽车、游艇等等都爆发式增长。我们精神上美的匮乏时间更长,在手机普及、制作和发布视频轻而易举的今天,以美为基调的短视频抖音应运而生。它令人赏心悦目,吸引了上亿的观众,撩拨了千万人来参与。巧妙的是,它恰恰对得上当代人没有耐心的、饥不择食的审美胃口。

新中国是推翻三座大山而建立起来的。所以它必定会摒弃被推翻的地主、资本家和官僚的价值观。一个重要因素就是批判他们的审美观,摧毁他们的生活方式。建国后很短的时间,旗袍消失，连衣裙消失，烫发消失，化妆品绝迹，西服绝迹，礼帽绝迹，手杖绝迹。万众素面朝天，女士发型仅剩短发和长辫，男士身着清一色的干部服——中山装，茫茫一派沉重色。

本来，无产阶级也有自己的美学，并不嫌弃美。但胜利总是伴随着狂欢，狂欢总是掺杂着放纵和极端。流氓无产者的以烂为荣的审美观逐渐流行。1952年我进初中，我和不少同学就是以烂为荣的践行者，衣冠不整，言行粗鲁。当时流行最广的是苏联小说《钢铁是怎样炼成的》，衣衫褴褛的男主角革命青年保尔，嘲笑他的恋人——美丽温婉的冬妮亚的资产阶级香风臭气，骂她是伤寒病的虱子而将她抛弃。

德、智、体、美四育是普遍认同的教育思想。人类的高尚情操和文明素质离不开美的教育。1952年到1955年是我的初中时代，我们美育的音乐课、美术课被公认为"副科"，被调侃为"豆芽"学科。课时少，课外没有讲座，没有展览。幸运的是我班有个极好的音乐老师倪启华。她主动编写一些辅助教材，突破教学大纲教我们五线谱，还开设音乐欣赏课。学校虽不提倡但也没阻止。

1957年老人家在最高国务会议上讲《关于正确处理人民内部矛盾的问题》(之后正式发表)，提出了教育只有德育、智育和体育，正式删去了美育。这以后，各级学校乃至全社会忽视美、践踏美。"文化大革命"伊始，把老人家的论断奉为美学的纲领和行动指南：

芭 蕉 飕 飕

> 革命不是请客吃饭，不是做文章，不是绘画绣花，不能那样雅致，那样从容不迫，文质彬彬，那样温良恭俭让。革命是暴动，是一个阶级推翻一个阶级的暴烈的行动。

于是，雅致、从容、文质彬彬、温良恭俭让便被驱赶到反面，暴力美学开始呈现。红海洋、残酷的批判、血腥的武斗、造反歌、忠字舞、样板戏等像暴风雨般横扫中华大地。全国范围轰轰烈烈的"除四旧"破坏一切旧文化，也就破坏了旧文化中蕴含的美的鉴赏和美的创造，甚至消灭了许多美学大师的肉体，如老舍、傅雷、邓拓、陆鸿恩、顾圣婴、上官云珠等。《红灯记》等样板戏，彻彻底底地清除了温良恭俭让。满台的仇和恨，满台的横眉怒目，满台的打打杀杀，除了暴烈还是暴烈。

十一届三中全会是改革开放的起点，也是美的转折点。真正的百花齐放、百家争鸣的局面开始出现，美的鉴赏在复苏。当下的中国物质极大丰富，外表也万紫千红。遗憾的是，美的创造远远落后于物质的生产。都市繁华是追求效益的水泥森林，鲜花朵朵也只是花木商人的金钱商品。此外，"香花毒草论"仍有市场，时不时又在拔"毒草"。更为严重的是，美育在学校的比重还是那样无足轻重。当前的教育在减少文盲的同时却又在增加美盲。美是一种特殊属性的瑰宝，物质繁荣、知识丰富并不伴随美的升华。木心先生说得好："没有审美力是绝症，知识也救不了。"当前的现实虽文盲不多，美盲却不少，因而才有抖音火爆的土壤。美是多姿多彩的，眼前荧屏上、舞台上的美艳，还缺少人淡如菊、心素如简，还品不出"好看不过素打扮"那一类的美。

美育和美盲

美和爱是孪生的,正如丑和恨常相伴同行。让世界充满爱已被我们唱响,让人间充满美也应成为我们的共识。

该扫美盲了。美育绝不能轻于德育、智育和体育,也许还应重一些,从家庭到学校、从幼儿园到大学。

2018 年 6 月 24 日

真假与善恶

青少年时我也血气方刚,疾恶如仇,容不得半点虚假。年过八旬,火气并未全消,仍对当前的假的泛滥痛心疾首。社会上的极端说法,"除了妈妈是真的,其他都难说"。真是恐怖。

到底八十出头了,也明白年少时太简单、太纯朴;世事纷繁,黑白界限并不清晰,假作真时真亦假,真假时常难辨;个别的假还确有苦衷,甚至颇有善意。相信每个人都碰见过,我也如此。

1962年我在厂办农场劳动改造。有规定,农场收获的红苕、洋芋等食材一律送回工厂,只有挖伤了的才可留农场食用。如果认真挖,挖伤的概率就小,那脸朝黄土背朝天的农场员工就可能食之甚少,显失公平。于是,农场有些出身好的就手起锄落,故意把红苕、洋芋挖伤。接受改造的我不敢"乱说乱动",但看得我心惊肉跳。食堂打饭时挖伤留下的红苕或洋芋人人有份。没有人拒绝享受这种涉假的食物。

我有许多亲友是六七十年代的人民公社社员。从他们那里知道了一个大秘密。由于上交公粮、余粮数量巨大,生产队所余甚少，社员们吃不饱。为了少交，只得瞒产，实产一千斤只报八百斤。上报假账可以少交多留，把瞒下的粮食全体社员私分了。生产队队员之间，总是有关系不好的甚至敌对的，彼此间一个钉子一个眼，动辄拈过拿错，绝不放过对方。但在瞒产上他们却同心同气，祸福共享。当时有种说法，不瞒产的都饿死了，只有饿死了的才不瞒产。我相信，上级领导大都知道这个瞒产造假的大秘密，是他们心底的那点良知，才对瞒产造假睁只眼、闭只眼。

最感动我的"假"，是美国作家欧·亨利的小说《最后一片树叶》。患肺炎的穷学生琼西看着窗外对面墙上的常春藤叶子不断坠落，她想，"最后一片树叶落下之时，便是我命休之日"。岂料最后那片树叶经历了风风雨雨依然顽强不落，琼西的精神得到支撑，活了下来。原来这片永不凋落的树叶是60多岁的画家贝尔曼，在一个风雨交加的夜晚画在墙上的。风吹雨打使老画家患上肺炎不治身亡。救女学生一命的竟然是画家用生命绘出的一片树叶，假的树叶。

不错，绝大多数的假都是危害社会，甚至荼毒生灵的，如那些假疫苗、假奶粉。但有些假确有善意，或者有善果，比如假牙、假肢。能画出一条什么界线吗？难。我试试，被动的假必须有死亡、饥饿这些重大灾祸的逼迫；主动的假必须有善因善果。

世界混乱，事物复杂，真真假假，半真半伪，亦真亦幻，也许，比辨别真假更重要的是追究善恶。

2019年3月10日

芭蕉飕飕

真永远比假美

——推荐短片《学校合唱团的秘密》

来自匈牙利的近 25 分钟短片《学校合唱团的秘密》,得了今年奥斯卡最佳真人短片奖。小片大奖!看了这部短片如沐春风。

只要愿意就可以参加的一个学校合唱团,怎样才能在比赛中胜出?指挥老师的办法是只允许唱得好的学生唱出声,其他学生只许默唱,即假唱。孩子们反抗了,比赛时全体学生默唱,气走了指挥老师后,学生们才齐声高唱,真唱。

为了集体的成绩而造假,老师认为:人生并非总是公平的。唱得不好的同学小小牺牲一下使得利益最大化,有问题吗?这种造假,假唱比真唱声音更美。而学生们则认为参与比获奖更重要的是真诚,真实比虚假更美。

2008 年北京奥运会开幕式演出上,形象更好的林妙可出镜默唱、假唱,声音更甜的杨沛宜在后台真唱发声。张艺谋们认为这是两全其美的最佳方案,能争取到集体的更大荣誉。反对者说，这是造假，对孩子不公，而且还教唆孩子们造假。

造假的理由总是冠冕堂皇的，而且由来已久。"大跃进"众多虚报产量，粮食亩产数万斤，某些大科学家还进行了科学认证。饿殍盈途仍报道形势大好，不是小好。统计数据艺术化、魔术化等等，这一切说是为了激励斗志。但是，虚报高产、上交公余粮多，留给社员的口粮就少，会造成饥饿甚至死人。可悲的是造假的或报假的则保了官，升了官；说真话的反而罢了官，下了台。留下了奖励造假、惩罚真实的重大案例。于是，小学生把自己的零花钱假说是路拾的而上交，说成是发掘和培养小孩们做好事的美德。假药、假食品充斥市场说是繁荣了经济。久而久之，百姓已经不吃这一套了，厌倦了这一套。所以李伯清挖苦"假打"的表演才那么受欢迎。

在前面《真假与善恶》一文中，我说，"被动的假必须有死亡、饥饿这些重大灾祸的逼迫；主动的假必须有善因善果"才可以被宽容。显然，合唱团、奥运表演和虚报高产这些主动做假都经不起善因善果的检验。

面对无处不在的假，我们好无奈。还好，世上还有那么几位奥斯卡评委选择了真诚。《学校合唱团的秘密》也感动了千千万万良知未泯的观众。

假的越来越会打扮了，但真永远比假美。

2017年3月19日

芭蕉飕飕

爱情有几条命

——严肃话题轻松化

写了篇《情歌有九条命》发给朋友,他马上问我:"那爱情有几条命?"

我头脑中立即冒出许多情诗、情词:"问世间情为何物,直教人生死相许。""在天愿作比翼鸟,在地愿为连理枝。""春蚕到死丝方尽,蜡炬成灰泪始干。""十年生死两茫茫,不思量,自难忘。"……还想起了许多天长地久、生死相随的爱情故事:牛郎织女、梁山伯与祝英台、刘兰芝与焦仲卿、罗密欧与朱丽叶……这些诗词和故事告诉我,爱情寿命长过地老天荒,爱情是只不死鸟,爱情远远不止九条命。

回到现实,美好的论断遭到颠覆。环顾四周,闪恋、闪婚、闪离比比皆是。70岁以上的,白头到老的情侣能到七成。但50岁以下的,婚变非常普遍,海枯石烂情不移似乎渐行渐远。网传,中国的离婚率已位列世界前茅。你说,当下的爱情还有几条命?

木心先生在诗《从前慢》里写道：

从前的日色变得慢

车，马，邮件都慢

一生只够爱一个人……

1955年美国上演了一部电影《七年之痒》，说爱情在七年后会出现危险。是不是现代生活节奏太快了，当下活七年犹如以往过一生？

好事的生理学家还对此提出科学解释。当大脑分泌出神经传导物质爱情激素和婚姻激素时，它可让人感到愉悦，并认为可给对方带来幸福感，控制爱情忠诚度，从而使二人相恋，步入婚姻的殿堂。婚姻激素与爱情激素会相互补充，可两者不会长期保持着。大约七年之后，人的大脑逐渐倦怠，爱情激素便会减少或消失。之后人可能会对这段爱情产生否定，寻找新的"刺激"，这即是"七年之痒"的缘由。七年何其短，半条命都说不上。

古老的华夏，盛行的是"父母之命，媒妁之言""好马不配双鞍，烈女不嫁二夫""三妻四妾"，美好的爱情在这片大地上生存困难。爱情的生命力多数表现为殉情的悲剧。五四新文化运动倡导批判封建传统，爱情才开始有了成长的环境。不料，革命潮、钱潮接连汹涌而来，冲击着情爱。革命大潮，红尘滚滚，讲立场、论阶级拆散了许多情侣，如保尔与冬妮娅；金钱浪潮，黄浪滔滔，纸醉金迷，醉兮迷兮，劳燕分飞。对一切传统冲击

芭蕉飕飕

得最厉害的莫过于"文革",爱情也在劫难逃。若恋人分处对立的两派,会情穷匕首见。大动荡中爱情婚姻也难保持庄严,"文革"末期工厂女工中就流行这样的"玩笑":

> 一嫁二嫁不算嫁,
> 三嫁四嫁试着嫁,
> 五嫁六嫁才正嫁。

这种用玩笑包装的观念,腐蚀着爱情的寿命。

笔者不是道学夫子,无意在爱情的讨论中引入道德。笔者没有研究过社会学,也不敢妄议爱情寿命渐短的是非利弊。但是,就在当下,仍然有众多温暖人间的爱情故事,甚至有"穿过大半个中国去睡你"这般火辣诗句的风行。天下仍然有亿万人奋不顾身地去追求爱情,去珍惜爱情。

爱情依然是人间最美好、最庄严的情感,爱情依然是文学艺术永恒的主题。用"有几条命"来调侃爱情,难免轻佻、庸俗。惭愧,半是不恭半羞赧!

生活太沉重了,就让严肃的话题轻松化吧。

2018 年 12 月 24 日

打把剪刀送姐姐

——闲话钢铁

蒙童时第一次说到铁,大概是一首童谣:

张打铁,李打铁,
打把剪刀送姐姐。
姐姐留我歇,
我不歇,
我要回去打毛铁。

这是比我年长的大侄女教我的,两人还配合着四手对拍,好有趣!一玩记终生。

离我家不到 100 米有家铁匠铺,主人叫王铁匠。我好想去看他们怎样打剪刀的,时常在他家门前逗留。见过他们打菜刀、篾刀、镰刀,就是没见打剪刀,小小心灵也有些许失落,因为我真有一个常用剪刀的好姐姐。

我最初参加工作是在重庆塑料厂机械动力科当车工。当年，黑锋钢车刀要请锻工（铁匠）打，由我们车工自己磨，自己淬火。所以我常去锻工房。不知道掌火的周师傅喜欢我什么，他居然教会了我打锻工下手。饥荒年吃不饱，车工月定量35斤粮，锻工45斤。我私下多次向科长请求调我去当锻工。累求未准，失去了当铁匠的机会。口粮既不能增加，也不能打把剪刀送姐姐。

1958年，领袖发话："一个粮食，一个钢铁，有了这两个东西就什么都好办了。"于是，全国掀起了以钢为纲的"大跃进"。1957年全国钢产量535万吨，1958年便定为翻番的1070万吨。设备远远不够怎么办？土洋结合，小转炉、小高炉、闷锅炉、鸡窝炉等等一齐上。全民大炼钢铁，公社农民炼钢，干部师生炼钢，城市居民炼钢。我们工厂抽出部分人专职炼钢，其余员工下班后每天加班四小时炼钢。一千多人的工厂，新修了三四十座土法炼钢的炉子。我属"其余员工"，每天加班四小时上炉子。炼钢的原材料以废钢铁为主，齿轮、铁犁、锄头、锅、铲、机床铁屑，也有剪刀。燃料是木柴，用锯子、斧头加工好的柴块，尺寸划一。我负责给一座小鸡窝炉添柴，把木柴块不停地（！）往炉里喂，鼓风机整天呼呼吹燎，小鸡窝炉一天会烧掉一两棵大树。据说，大炼钢铁使全国许多林区剃了光头，包括我老家的一些山岭。土法炼钢效果如何？因炉温不够高，各种"原料"被烩成了钢渣。年底公布完成了生产1070万吨钢的目标，我们敲锣打鼓庆祝。不久又说应该扣除那些钢渣，年产量调低为800万吨。

"大跃进"国人未实现的钢铁梦当下却实现了。我国的钢产量多年高居世界第一,年产量超过10亿吨,占全球的48%以上。成果辉煌:高楼入云,航母下海,铁路如网;代价不菲:环境污染,产能过剩,亏损大片。

　　昨晚读老舍的《四世同堂》,描写北京沦陷后的生活。才知道当时日本占领军居然强制要求每户每月交出两斤铁,连家家大门上的铜铁门环都被劫走。忍无可忍的善良的李四爷被迫怒吼:"铁没有,钱没有,要命有命!"

　　冷冰冰的钢铁和我一生有这么多热辣辣的纠缠。记忆力衰退了,我还念念不忘"打把剪刀送姐姐"。

2017年8月30日

芭 蕉 飕 飕

给路边摊留点生意

我在网上看到了一幅照片:傍晚,大雨,一个摊贩抱着他的小孩,蜷曲在摊贩车下躲雨。迟迟不愿回家,还指望有人再来光顾,想多赚几毛钱。哦哦,这场景触动了我,因为我也当过小摊贩。

1951年我13岁时当过小贩,先卖缝衣针后卖针和线。向罗大娘借了五角钱作本钱,(当时是旧币,面值五千元,和当下五角等值。下文概用当今币值。)一共只能进货一两百枚针,摆不满一个摊也付不起租摊费。只能端着一个直径约一尺的竹盖,内摆大针小针,沿街叫卖:"买起,发价洋钢针——!"发价者,批发价是也。半年后,实力厚了点,有了十来元本钱了,才开始摆摊经营。

摆摊贩卖都是为了求生存,我是为了52岁的母亲和我这个13岁的小孩有口饭吃。我逢二五八赶十五里外的新妙场,三六十赶二十五里外的大顺场,一四七去三十里的明家场,逢九在家做农活,叫作"赶流流场"。在外吃馆饭每顿五分钱,住栈房一晚五分钱,每天要花两角钱。老母亲居家,每天要一角钱。也就是说我每天必须挣三角钱母子俩才能活下去。而零售缝衣针的毛利率大约60%,我每天最少得卖出五角钱。怀着求生的渴望,期待那一个又一个的买主。到散场时,如果我还没卖到五角钱,我还会在街上大声叫卖。

货卖堆山,可怜的小贩货少没有卖相,没有任何竞争优势。我的主顾主要是农妇、村姑,她们大多是用一分钱买我一枚针,极个别的五分钱买我八枚,一角买我二十枚。我求生的目光不停地搜寻赶场天人流中潜在的买主,我恳求的目光期待向我走来的村姑、农妇。凡眼光投向我的大嫂、大姐多半会买我一枚针,给我一分钱。我总是用感激不尽的眼神目送她们远去。记得有一次,一个十八九岁的大姐向我走来。她的补巴衣洗得干干净净,那块巴也补得平平展展,脑后梳了一根独辫,利利索索。她对我说:"小毛弟,头场我买了你一根针,好用。今天我专来找你,再买两根。"她一边递钱给我一边说,"我弟弟差不多也你这么大"。我把两根针递给她时,眼睛水硬是包不住了。

足蹬草鞋,平均每天走四十里路,田坎路、青苔路、恶狗追逐的路。烈日暴晒、风雨吹打都是小贩们的家常便饭。五分钱一餐的饭只能是咸菜下稀饭或豆渣下"帽儿头"①。五分钱一夜的乡镇栈房常常是三人挤一床,所以才有"切刀把"和"锅铲把"这种三人合铺的选择。大雨湿锈过我的洋钢针令我号啕大哭过,一个不良的同床商人抚摸我的大腿惊醒了我,我顺手抓起一根棒子便向他砸去。

龙应台嘱儿:别总是去超市,给路边摊留点生意。这样他

芭蕉飕飕

或她可以早点回家，可以去买件冬衣，可以凑足钱给儿女交学费……成人以后我光顾摊贩半因购物半因怜，从不和他们讨价，也不要他们找补零头。我想，当年买我针线的那些大嫂大姐，多半也是怜悯我这个近乎乞讨的小人儿。今日摊贩比我们当年还多了一层烦恼。他们或无力办证，或无钱租门面，总提心吊胆地防着城管。

个别摊贩会出售假冒伪劣商品，但多数不会。摊贩的东西比超市便宜，你在超市买一元货物，估计还含有税金、房租、人工费用，还有他们的毛利。

悲天悯人，人之大善。十之八九去超市，十之一二买摊贩，给路边摊留点生意吧，好人！

2017 年 8 月 27 日

注：
① 巴蜀饭馆卖饭，把米饭盛成帽子形状，俗称帽儿头。

那些年出境好难

1966年10月，我们工厂的造反派召开大会斗争书记、厂长，强迫他们戴高帽、挂黑牌跪在台上。台上斗走资派，台下陪斗的是百来名牛鬼蛇神。黑压压三排人，个个都挂了黑牌，低头弯腰站在台下。我那年28岁，也忝列其中，颈上挂的黑牌上写着"投敌叛国分子"，还画有一个大红叉。

其实，陪斗之前我只出过一次川，最远到过陕西宝鸡，没见过国境啥样。只因有一位女同学被判刑13年，罪名是投敌叛国，受了她的牵连。她后来也由法院改判平了反。那年月别说真出境，连想出境、聊出境都是犯法的。

蒙童时，赶场天有摆西洋镜摊摊的，北方叫拉洋片。卖艺人唱道："看了九州和外国，去了转来不得黑（指天黑）。"那镜片美，那唱词甜，让我着了迷，从那时起就幻想着哪天能去"九州和外国"。改革开放后创办私企挣了点钱，便萌生了漂洋过海看世界的念头。1995年终于第一次出了境，去了香港。

那时出境手续真难办。托朋友找到一家广东的代办公司。

先交了两千多元的代办费。他们帮我请了个香港老人给我写了封信,假称他是我几十年前的一个朋友。并称"兄已风烛残年,特邀弟尽快来港见最后一面"。代办公司陪我去五四路市公安局出入境处填了申请表,交上了我那"香港朋友"的邀请函和必要的材料。隔了些时日,公安局通知我去面谈。代理公司派人对我进行了培训,教我背下了一些标准答案。我相信,询问我的那位公安人员心里明白,我所回答的大多不真实。由于有代办公司的人陪同,他们之间定有默契,所以并未为难我。十日许,出境手续获批了。

听从代办公司的指导,由深圳罗湖海关出境去香港。我步行罗湖桥时心跳加速,精神恍惚,身体晃荡,有点把持不住自己。也许是曾经蒙受"投敌叛国"的冤屈吧。我莫名地想象,要是二十多年前像这样向境外走,是不是一步一步走向监牢?环顾四周,无一军警,国门真的开放了!我步子才慢慢变稳,心也才渐渐沉稳下来。我问代办公司,需要去见见那位"多年未见的老朋友"吗?回答不必。

第一次出国是1996年,选择的是加拿大温哥华。我依然找了一家中介公司帮办出国手续。他们打印好了一大堆文件叫我签字,老实说,那堆文件把我卖了我也不知为了啥。他们帮我办好了去香港的手续,还陪我去加拿大驻香港总领事馆签了证。在启德机场登机时差点不让我登机,一位老外机务人员要求我出示返程机票,他像门神似的一脸冷漠。身边的其他旅客,凡持外国护照或香港护照的,并无这项特别要求。据说是怕中国人穷,赖在加拿大不回来。我从包里掏出返程机票时,无意中同时掏出一大把美钞。那位拦我的洋门神霎时间笑容可掬。后来我写了这段经历登在《重庆商报》上,标题叫《洋人欺穷》。

随着开放,出境越来越容易。我们企业穿梭于国门的进出口专业人员多达四五百人。为了奖励员工,企业在不到千人的那几年,每年选几十位优秀员工出境旅游。本世纪初,我的高初中同班同学还有三十多位没出过国。同窗之谊可贵,便出资帮助他们出国游。

二十年前的出境服务公司业务奇特,收费高昂,幸而是守约的,有效的。当下的旅游公司多如牛毛,收费低廉,手续便捷。君不见,今日重庆航空港的出境旅客,人头攒动,像当年菜园坝火车站那般热闹。

"海内存知己,天涯若比邻",出境不难,书生可期矣。

2017 年 9 月 7 日

芭 蕉 飕 飕

越南人爱喝咖啡

来岘港出席 2017 年 APEC 工商峰会，发现越南人好爱喝咖啡，甚至不让欧美。

能言善道的美女导游介绍说，我们越南人最喜欢喝咖啡，说事情进咖啡店，谈恋爱进咖啡店。男孩子对女孩子说我请你喝咖啡，是暗示我要追求你。我才注意到这里咖啡店星罗棋布，大大小小，豪华简约，相对数量可能多过欧美。我一生喝过的咖啡数在意大利喝的最浓，进越南咖啡馆一喝，比意大利还浓。岘港咖啡店店内的陈设气氛、店外的环境风情都洋溢着特有的咖啡味。连酒店房间里的免费咖啡都比欧美的品种多、质量好。

2000 年起我们企业就在越南开办了个摩托车工厂。我来过越南七八次，到过许多地方。现任总书记阮富仲和前任总理阮晋勇还来我们重庆的工厂考察过，我对越南是相当熟悉的。可是我记忆中咖啡以前在越南并不特别流行。在东南亚甚至亚洲，饮料都是喝茶为主而不是咖啡。西化程度高过越南的日本、新加坡和泰国，咖啡也没有越南普及。所以我说他们是新爱咖啡，大爱咖啡。

改革开放使中国有了天翻地覆的变化。越南统一以后，实施的改新开放给越南带来的变化也是地覆天翻。两国各自走本国特色的社会主义道路。两国差别不小，恐怕要经历较长时期的实践才能比较出优劣。从喝咖啡习惯的蓬勃兴起，也许可以看出两国路径差别的一些端倪。

越南似乎侧重个人，而中国似乎侧重集体。故喝咖啡之类的纯属个人生活习惯的变化才能大行其道迅速普及。越南有满大街的摩托车，公共交通却非常微弱，看来立法也重个人。在中国，有一百多座城市禁止个人的摩托车通行，却大力发展集体出行的公交、轻轨、地铁，且收费低廉，四通八达。还听说越南公务员经商也不受限制，小企业、个体户众多，世界五百强的大企业越企一家也没有，而中国国企进入世界五百强有一大串，民企也有了。

我好享受为集体造福的种种福利，我也眷恋个人自行其是的逍遥。虽然我个人的习惯是喝白开水，但我也欣赏那成都茶馆的清醇，我也陶醉于岘港咖啡馆的浓香。

咖啡清茶，各有所爱，甘苦自知，活得自在。

2017 年 11 月 10 日

芭蕉飕飕

放空自己

"放空"一词,老的用法是"空车行驶"或"目标落空"。新时代多了新用法:"什么都不想,让脑袋空空荡荡的。"

人,总有左顾右盼、踌躇难决、矛盾不安、悲痛难挨的时候,这时放空自己是较好的选择。静态的放空是发发呆、睡睡觉,甚至醉醉酒,如果醉了后你还能克制自己。动态的放空,是把眼前心里想的或手上做的停下来,换点别的什么来想、来做;或者换换环境,到户外甚至外地去走走。

放空还要分压抑的和轻松的。1958年春,一场政治上的晴天霹雳令我痛不欲生。之后有好几个月,我强迫自己,只上班、看书和睡觉,什么事也不想,什么地方都不去,什么人也不交往。木木讷讷,傻傻乎乎的,这种放空状态让悲痛渐渐淡化。1991年,我关掉了我的书刊公司,想另寻生计。四处寻觅,甚至南下广东,多种选择令我眼花缭乱,犹豫不决。我放下这一切,去四川外语学院进修了一学期英语。学习的充实和校园的生趣是一场轻松的放空,不特身心愉悦,学完后再度创业也大体成功。

事缓则圆，这个"缓"宜选择放空的过程。但是，放下艰难拿来易，填充容易腾空难，放空需要一个人的自觉和毅力。压抑的放空较难，不如多选择轻松的放空。最好的放空或许是信佛之人的参禅打坐。从我记事之时起，我母亲就常常打坐。她打坐的地方是她们专门礼佛的辅善堂。在雷雨交加、狂风大作的夜里，她也起身在床上临时打坐。她打坐时坐得笔直，一炷香时间里一动不动。我亲眼看见蚊虫叮在她的脸上，她依然纹丝不动。

对我母亲的打坐，我曾做过多种猜想和解释。现在我明白了，那是彻彻底底的放空自己。近年来，我认识的好几位企业家朋友，热衷于参禅打坐，想来也是想通过放空自己来腾换他们的种种焦虑。出家人追求的是四大皆空，也许，放空自己是信佛之人的一种修炼、一种道行。我想，放空自己，对任何人都是一种调节，甚至是一种升华。

朋友，不顺心时且唱唱《空城计》，兴许真能退掉"司马发来的兵"。正是：

> 人生谁无焦虑怂，
> 羽扇纶巾任城空。
> 千般踟蹰万般恸，
> 潇洒江湖心放空。

2019 年 5 月 15 日

芭蕉飕飕

难得说回"低"

平生都在海拔以上的地方生活,偶尔在海里游泳下潜一两米,才算低于海平面。今日来吐鲁番盆地,当地海拔负154米,是我生平处过的最低点。

在我国,高总是招人喜欢的。我身高超过1米8,重心高过常人,每次摔跤,疼痛也超常人。旁人羡慕我身高,有时我倒希望矮一些,重心低一点。

1961至1962年间,我不仅失去自由,还因严重饥饿致病,浑身浮肿,丑若"水打棒"①。偌大一个世界,茫茫人海,竟没有一个人牵挂我。生怕亲友受牵连,我还主动断绝了和他们的联系。在无亲友、无眷恋、无指望的人生低谷里,我拖着浮肿的难以蠕动的身躯,认了这个低谷,静静地等着归西。

前半辈子我很努力,奋力向上,想步出低谷,但未能升高半寸。后半生却又意外地渐渐高升,甚至地位显赫,所获取的远远超过我该得的。我才逐渐明白:强大的社会气流可以走石飞沙,可以摆布一个人的升降。半分不由人。

看看吐鲁番。戈壁滩上,火焰山旁,年降水量不到20毫米,地势低洼，自然条件恶劣。这里风疾，曾经把一列火车都掀翻过。今天气温42度，赤日炎炎似火烧，按说应该是野田禾熟半枯焦。可眼前葡萄葱茏，松柏苍翠，杨柳依依。我不由自主地哼起了《吐鲁番的葡萄熟了》。商店的服务员、身边的导游、络绎不绝的众多游客，大多数笑容满面，很少人焦眉愁眼。几个维吾尔族演员表演的轻歌曼舞撩人心魄，令人一步三回头。

  这些美好的生活都源于有了水。谢谢苍天，四周高高的雪山有雪水；谢谢祖宗，在这低低的地下挖了坎儿井蓄水。所谓坎儿井就是藏在地下的暗渠，以防天山的雪水在干旱高温的吐鲁番流淌时快速渗漏和蒸发。令我震惊的是暗渠总长度5272公里，年供水8亿多立方米（当下仍可年供水3亿多立方米）。我们下井去参观，暗渠高度低处一米多，高处逾两米。难怪有人称坎儿井、万里长城和大运河为中国的三项伟大工程。天赐人蓄之水，滋润着低洼的吐鲁番的繁荣。

  这里的人们对身处的低海拔、低劣环境习以为常，随低而安。不因低下、低劣而垂头丧气，他们不骂娘、不骂天也不骂官。他们日出而作，日入而息，生产出鲜美可口的葡萄、葡萄干、葡萄酒。他们吃着香瓜甜果、肥牛羔羊、拉面香馕；玩着冬不拉、手鼓，边舞边歌；快快活活恋爱结婚，幸幸福福繁衍子孙。

  高低不由人，升降任随天。低姿态、低地位又何妨？

2016年7月1日

注：

①四川俗语，水中浮尸。

芭蕉飕飕

小病从医，大病从亡

——呼吁我国安乐死立法

青壮年时我不便说什么安乐死，担心人们误会我对老人不敬。八十开外了，老者不说谁来说？

我二哥年老后身体康健，在86岁那年不小心摔倒在浴室，颅外颅内都出血，治好后就慢慢脑梗了，逐渐演化成老年痴呆。失智失能，亲人也不认识了，拖了几年到90岁上去世。弥留之际，我去看他，他没有任何反应。我突然想起四十年代兄弟俩一同唱的一首歌，便掏出手机在他耳边反复播放周璇唱的《钟山春》。良久他的眼角开始湿润，渐渐地积成了一滴泪珠……我心如刀绞，他想呼唤他的九弟？他想表达他有多么凄苦？

好友陈某，查出胃癌时已是晚期，进了医院就再也没出来，三个多月后去世了。最后一个月他已失智失能，插了好多根管子。他的爱人是我们中学同班六年的乖乖小妹，带着女儿、女婿，在病房日夜轮流守护。我无法问询病人有多痛苦，却眼见他至亲至爱的几个家人，被拖得皮奔嘴歪，青皮青脸。病者一何悲，家人一何苦！

老许是我的难兄难弟。同学少年一同苦读，一同挨批判，一同受处分，一同待牛棚，壮年后又一同被平反冤案。之后他入党提干当市劳模。我下海创业，邀他做了我的第一助手。不料这两年他渐渐痴呆已达中度。我们结伴出游时尽量带上他。大家放声歌唱时，他再也不能一展他嘹亮的歌喉。他原本好动，逗趣，有"老顽童"的雅号。眼下我们嘻哈打笑时，他多半木瞪瞪地呆坐在轮椅上。给他请了一个全天候的护工，那护工表面上尽心尽力，后来发现老许大腿上青一块、紫一块的。那个不良护工不如意时就狠狠揪老许几爪。老者受侮，老天允否？

同班女生杨某夫妇都是退休高级工程师，不料夫君岳某路上被汽车撞倒，成了植物人，躺在医院六年多了。经济上、精神上折磨了我杨同学六年多。有没有个尽头啊？

够了，失智失能的老人的不幸实在太多了！留家养老、抱团养老、养老院养老都有无数的不良案例。老人痛苦，尊严尽失；家人烦恼，有苦难言。我们老者并不怕死亡，但我们不愿死于痛苦折磨，尤其不愿意给亲爱的家人添麻烦。

据说，欧洲人有大病不大治的习俗。所以他们的医院不像我国医院那样人满为患。那里，安乐死的呼声此起彼伏，已有瑞士、荷兰两国立法批准安乐死，估计还会有后继者。

昨天，我在网上看到报道，养老基金理事长、前财长楼继伟先生演讲，去年全国各级政府为养老金补贴了12000亿元，每年还有较大幅度的增加。余心愕然！为弥补差额，从2019年起,"五险一金"改由税务部门征收,标准不再模糊。本企业预算,企业每年要多交一亿多元,职工也要多交若干。余心戚戚!

立法实施安乐死,病者少痛苦,家人少烦恼,养老金减负担,此其时也。

小病从医,大病从亡。无止境地抢救失智失能的老年病者,花钱费力无人得好,这是一种什么样的善良啊?

2018 年 11 月 24 日

减疼去痛与救死扶伤

五十年代初，学校教育我们中学生说，共产党的最低纲领是社会主义，各尽所能，各取所值；最高纲领是共产主义，各尽所能，各取所需。这大大地丰富了我的认识，知道纲领还有高低之分。

年老了，病多了，待在病床上的时间多了，免不了思考医药界的指导思想。我发现他们只有一个纲领，救死扶伤，不分高低。身为病人感到这纲领有问题，因为病伤者不仅仅求生求愈，还渴求减疼去痛。他们为疼痛所扰，疼痛难忍，痛入骨髓，痛彻心肺，严重者已不在乎生死，所谓痛不欲生。所以安乐死逐渐成为人们的向往，甚至已有四个国家和一些地区使安乐死合法化。

不把减疼去痛列入纲领，就会被医护人员忽视。他们就会重生死，轻疼痛。他们的职业生涯中，就会千百次地叫病人忍住，忍住，忍住。这种重目标、轻过程的医界行为，是枉顾病人哀求止痛的尊严。止痛药的研发、生产、使用就会受到限制……

芭 蕉 飕 飕

说到底，人间就会增添许多痛苦。

几天前看美国大片《血战钢锯岭》。那些受伤的血骨淋淌的士兵见到医疗兵多斯，最需要的就是吗啡针，一部影片中用了七八次。大家都知道，吗啡针在所有医院都是控制的，因为用多了会上瘾中毒，副作用大。我有一亲戚本是一药剂师，患癌症后我亲眼见她痛哭流涕，恳求她的同事再给她一支杜冷丁，令我悲从中来。几千年了，医药界还没找到又止痛又无副作用的药，那是全世界医药界的无能！记得我一岁小女儿需要输液时，她母亲、外婆不忍目睹，交给我抱着。小小婴儿被刺得哇哇叫。刺破的是婴儿皮，戳痛的是父母心。医药界几百年依然狠心刺婴，这也是他们的不光彩！

我们为何而生？人类在经历了漫长的争论折腾之后，已基本达成共识，为了快乐和幸福。既如此，为什么不把病伤者的减疼去痛提高到纲领的高度，从而在医界药界作一些方向性的调整？过去，过去的过去，人类科技不够发达，社会不够富裕，能保住命、能把伤病治好就很不错了。那时纲领定为救死扶伤没错。随着科技发达，社会富裕，还应有更高的纲领：减疼去痛。当代人的认识论已主张标本兼治，重目标也重过程，重生死亦重尊严。

如果人类早些年把减疼去痛定为最高纲领，恐怕早就研制出又止痛又无副作用的灵丹妙药了，恐怕再也不会因诊治而去刺痛我们的小婴儿了，恐怕再也不会什么什么了。

捷克的共产党员作家伏契克，他于1943年被德国法西斯杀害。我初中时读过他写的《绞刑架下的报告》。他说："我们为欢乐而生,为欢乐而死,在我的坟头放上悲哀的安琪儿,那是不公正的。"我谨借用并稍作修改:"我们为欢乐而生,为欢乐而死,在伤病疼痛时还叫我们忍住,忍住,那是不公正的。"

2016年12月12日病床随想

自愈自净颂

2016年1月我在美国染上流感,高烧39度。去医院看病查体后,医生给了我三颗药,嘱我每天服一颗。我问:"药就这么点?"医生回我:"知道你从中国来,才给你开了三颗药。如若不然,一颗也不开。回去多休息,多喝水,自己会好。"

九岁时我被传染上天花,那是一种死亡率很高的重症。中医师马瀛丰调理得当,我细伯夜以继日守在床边精心护理。细伯一边呵我一边把我手反绑起来。满脸有脓包奇痒,抓破了就是一脸麻子。我永远记得娘亲眼含泪水微笑着对我说:"尹老九,满脸麻子讨不到漂亮媳妇,莫怪细伯捆住你的手!"成人懂事后,才知道治天花并无特效药,调理护理都只能抑制病毒恶性发展,紧要的是让自身的自愈能力发挥作用,才让我死里逃生,才让我有一张光洁的脸。

1961年10月蒙冤入狱。时逢灾荒年,人犯每天粮食定量六两,每餐伴以拇指大一块盐渍"老梭边"(咸菜),并无半点副食蔬菜。"炊事员饿死也有三百斤",还有管理员围着锅边转,哪能让人犯整整六两粮全部下肚。我1米83高的皮囊,散热面积大过常人,两三月后我因饥饿开始浮肿。脸肿到眼睛眯成一线,几乎睁不开,连命根子都肿到粗若手杆。昏迷模糊中不在乎监规了,便长睡不起。"看来牢底坐不穿了。坐穿了又有何面目见师长亲友?"我万念俱灰,心若槁木,再无杂念,闭目静静等死。人犯死了看守所难以交待。管理员令清洁班每天抬我出去两次,每次由狱医喂我二两康复粉(麸粉)。如此十天,死神未等来,水肿反而渐消。看不见摸不着的自愈,神力非凡。

生命的奇迹是什么?自愈。犹如大自然的奇迹是自净。

老家有山名八岩,植被茂密,我曾去捞过松毛,枝叶蔽日。1958年大炼钢铁它被"剃了光头",不仅难看,还鸟不落,兽不生,废山一座。被人遗忘一二十年后,它居然茂林依旧,鸟兽归来,护着水土,养着气候。这就是大自然的自净。

人啊,总有人坚信能战胜自然,改造自然。1953年我们游过水的杨公桥清水溪,四五十年后被"战胜"成了一条臭水沟,后来干脆把沟盖上开发房地产。我们抢在大自然自净之前,污染环境,糟蹋自然。

有的人,出于种种目的,渲染人无半分抗力,小包大包吃药,小瓶大瓶吊水。消灭人体卫士的白细胞,破坏与生俱来的免疫力。

我们当然要努力研发特效药,像奎宁、青蒿素之于疟疾。但还没找到特效药的那些伤病,我们要敬重人的自愈能力,顺其自然。我们要敬重大自然的自净能力,爱护环境,任其神往。

芭 蕉 飕 飕

感天地之泱泱兮，
自净卫我宁远；
念血肉之悠悠兮，
自愈护我安详。
泱泱悠悠兮，
天人永昌。

                           2019 年 1 月 24 日

循环轮回

——且说当下乱象

英国脱欧，特朗普当选，意大利修宪公投失败，还有持续了几十年的伊斯兰文化复兴，这个世界够乱了。很少人能说清个中的缘由，我也不能。下面的唠叨，不过是唠叨而已。

世间万物总是在周而复始地循环或者轮回。日出日没，潮起潮落，月圆月缺，花开花谢，叶生叶落，冬去春来，雨降汽升，天下分合，权力集分，市场管放……影响人们最大的循环是社会政治的左右轮回。重效率的右派挣钱和重公平的左派分钱，循环交替。右倾执政，效率优先，钱挣多了，贫富差距、地区差距和城乡差距增大，矛盾加深，右倾待不下去了。主张公平的左倾趁势得以上台，大量分钱，不久钱分光了，各种社会问题加重，左倾也待不下去了，大众社会又把主张挣钱的右倾推上台，如此轮回不休。

所以刘少奇说："什么是正确路线？时左时右就是正确路

线!"

所以在下调侃:体育老师发令,齐步走!左右左!左右左!左一步右一步,队伍就向着目标前进了。

独立和加盟是一对轮回。日不落帝国衰败了,英国人怀念昔日的光荣与自豪。他们屈尊加入了欧盟,换回一些强大的感觉。久而久之,强大感失去了吸引力,反而觉得捆绑倒不舒服。若为自由故,欧盟也可抛。大锅饭吃厌了,咱们家单干去。

代表精英的和代表草根的谁来主宰社会,也在轮回。精英政治正确,倡导公平,匡正秩序,草根也跟随受益。二三十年来,精英日渐傲慢,淡薄了责任,使草根日渐窘迫,群情激愤,老子不要你精英管!于是拉拢草根的老特上位了。此外,封闭与开放也在不停地轮回。美国曾经自我孤立,二战初期各人自扫门前雪,钢铁、石油卖给交战的双方,两面吃糖。罗斯福总统1941年9月11日第13次"炉边谈话",小布什高度评价:"五十(?似应为六十)年前的'9·11'(炉边谈话)是不该忘记的,因为美国从此彻底走出了孤立主义。"但是,此后他们也越走越远。从主持人类的公平正义到走向无处不在的世界警察。七十多年美国花了不少美元,死了不少士兵,感觉不合算的美国人越来越多。"管他牛打死马,马打死牛,关我美国屁事!"孤立主义逐渐回潮,老美们就推出特朗普去把那开得大大的美国门关小一些。开门关门,轮回不停。

意大利在墨索里尼时代政府权力大,导致了独裁。战后的宪法"把权力关进了笼子",把权力分散到了民选的议会,动辄对政府不信任。70年间换了63届内阁。现任总理伦齐企图

循环轮回

集权削弱议会，便进行修改宪法的公投。看来由分权到集权的轮回时候未到，被民众近六成的票否决了。（也可以说是精英想增大权力，被草根否决了，和美国有些相似。）

宗教问题复杂，不宜妄议，不评优劣，但似乎也有循环轮回。基督文明强劲了一两百年，这种文明里里外外都是西方化。西方化给世界带来了许多正面的，但也带来了掠夺和不平等，反西方化的潮流逐渐形成壮大，伊斯兰文明乘机复兴。伊斯兰文明反对西方化但不反对现代化。土耳其和伊朗较为典型。土耳其的总统基马尔把伊斯兰文化世俗化，国家迅速西化。我们企业在土耳其办了个工厂，我去过两次，恍然进入一个西化的国度。当下，土耳其在总统埃尔多安治理下，又逐渐伊斯兰化。伊朗在巴列维国王时期，几乎彻底世俗化，女士着牛仔裤、超短裙者随处可见。十多年前，我在伊朗经商时，偶发高烧，就近送入一家乡镇小医院。现代化的硬软件比我国今天大多数的县级医院还强。1979年宗教革命后，女士们又披上了头巾。

看数量，循环轮回周期有长有短。有的仅一日，如日出日没。有的要一月，如月圆月缺。有的需一年，如花开花谢。社会的轮回周期较长，如左右轮回，在西方大约十年。意大利伦齐想分权转集权，七十年了，时机仍然未到。文明的轮回周期更是长得以世纪计。短短长长，事物终将循环轮回。

看质量，世上多数循环轮回都是生长，都是进步，如花开花谢终结果。即使社会、政治的左右轮回最终都能导致社会进步。犹如螺旋，左右看，似乎回到了原位，上下看，却上升了一个螺距。不要以为美国这一轮回是美国的衰落，不要以为特朗普

芭蕉飕飕

是倒退，谨防他们把门关小点后集中力量再度冲出，犹如把指头缩回握成拳头。

所以，我们不必担心眼前的乱象会促使社会倒退，暂时可能，长远不会。当下的绝大多数的动荡其实都是物极必反造成的转型。是的，当下的世界与其说是动荡，不如说是转型。

三十年河东，三十年河西。

2016 年 11 月 30 日

返乡方知儿时淘

清明思亲，约上一众游子返乡祭祖。天老爷开玩笑，下起了滂沱大雨，把大家扣在了宾馆。

"忘了小时候我们不怕淋雨了吗？"我问几位乡友，"我们光着头在雨坝坝跳来跳去，还齐声高喊'天老爷，落大雨，保佑娃娃吃白米'。走啊！"童趣撩拨着好几个人，我们便冒雨去逛老街。

年过八旬了，身边人不断提醒我："水凼凼！水凼凼！"想起了儿时在街上走，专挑水凼凼踩。尤其是有大姑娘、小媳妇路过时，还使出吃奶的劲猛踩。让水花溅得高高，恨不得溅湿她们身上的蓝花花衣裳。她们边笑边骂："尹老九，咒你几辈子都讨不到媳妇！打单身，荒死你！"引得我们一群淘气鬼哈哈大笑。

行至新场王铁匠门前，街面下行。老铁匠铺大门紧闭，没有了烟火，无人行走，致使门前一米宽斜坡地面长了青苔。身边人又提醒我走街正中没有青苔的地面。我说："当娃娃时我们路见了青苔，不但不躲，反而偏要走青苔路看谁不摔跤。群哄群闹，无胆来胆，有胆胆大，没有一个人会退缩，哪怕摔了个四脚朝天！"

走到离我家老屋三十米的地方，有一条小巷由南向北通向场背后。老家新妙场建在一个北高南低的斜坡上。那小巷是个斜坡，高差有四五米。每逢大雨，小巷成了一道小溪，水深寸许，行人视为畏途。恰巧巷子中间折弯，两头不见。这正是我们这群调皮蛋表演恶作剧的好场所。

倾盆大雨时，我们三几个坏小子想起了关圣人水淹七军的故事。便在巷子上端用石块泥土筑成土坝，霎时便蓄起了三四立方米的雨水。一旦巷子下端的"探子"高喊暗号"天老爷，落大雨——"，我们便知有人已进入巷中，立即刨开土坝。深约四五寸的池水急流冲下，进退不得的路人跳来躲去，狼狈不堪，好在"洪水"只能持续那么两三秒钟。坏小子们又是一番坏笑。（每想起我儿时在家乡的种种恶作剧，无比内疚，一生都在想法为被骚扰的乡亲邻里做点啥啥来补偿。）

幸好，善良家庭的规劝，好学校（新妙中心小学）的教育，故乡佛教文化的熏陶，我们这群调皮鬼没有一个走上邪路，其中还不乏烈士英雄。有个伟人说过："算术好的小孩长大了聪明。"我来学学舌："爱捣蛋的崽儿长大了出息。"不是吗？儿时不走青苔路，长大哪来胆量？儿时不编"烂条"①，长大哪来见识？

淘气无悔，收获胆识。

2018年4月5日清明

注：

① 烂条，川谚，意为鬼点子。

返乡方知儿时淘

满山绿茵青菜头

——上坟归来话农商

每年大年初一我都下乡去给父母上坟。一路上弯弯的小河，青青的山冈，葱葱的树木，茵茵的庄稼。我们老家的庄稼分两大季，秋收稻米、苞谷，夏（春）收油菜、小麦。大年初一的土地上，满山遍野都是青青麦苗。昨天我发现，麦苗几乎完全消失了，遍野满山种的是宽皮大叶、绿茵茵的青菜头。

涪陵人不仅爱吃青菜头加工的榨菜，更爱吃各种做法的新鲜青菜头。那特有的苦丝丝的清香，是母亲的辛苦，是家乡的清新。在自然经济的年代，家家只种不多的青菜头，仅为了自吃自腌。种多了卖不出去，也卖不起钱。春末夏初青黄不接之时，只有麦子才能救巴蜀人三两个月的饥荒。所以，春节期间农地里大片大片都是青青的麦苗。

民国时期涪陵一带已经有榨菜作坊，但产量不大，行销不远，对榨菜原料青菜头的种植拉动不大。改革开放初期，榨菜厂比民国时期大了些，多了些，他们也到我们老家一带收青菜头。那时每斤收购价按等级四五分钱，还要初加工剥皮抽筋，洗净泥土，挑送到十几里路远的菜头收购站。一百斤才四五块钱，比下力钱多不了几许。不如种麦、种油菜，谷贱伤农哦。

今天，国际航班、国际邮轮上到处可见涪陵的小包榨菜。高档餐厅、农家乐店都少不了榨菜提味。我出国的随身物总少不了小包榨菜。随着榨菜的畅销，榨菜工厂增多，青菜头收购价已提到四五角一斤，而且收购车还开到地头来方便农户。种青菜头的收益超过了其他作物，自然而然宽皮大叶的青菜头就遍野满山了。顺便说说，某项评比，把涪陵青菜头评为仅次于潍坊萝卜的"天下第二菜"，我从来都没服气过。

"天下耕读最为本"，几千年耕读立国重农轻商。新中国选拔的第一代干部多是农字头的，如官至政治局委员的杨汝岱就是"草鞋书记"出身。"无农不稳，无工不富"，工业随后挂了头牌，国家第二代领导人都是学工出身，如胡总书记、温总理。商业、商人至今还是上不了台盘。旧时代的"士农工商"和新中国的"工农兵学商"都把商排在末位。"无商不奸"更把我们商人搞得灰头土脸的。其实我们商人也没长尾巴，可是至爱亲朋都劝我们"把尾巴夹紧"。

"农工商"的排序应该颠倒成"商工农"了。没有商人的大卖榨菜，就没有榨菜工厂的兴旺，就不会有绿茵满山的青菜头。

2019年2月6日（己亥年正月初二）

重返道宗村

我平生第一份吃皇粮的工作，是1950年12月加入了涪陵县新妙区区委减租退押清匪反霸工作队，派驻两汇乡道宗村。为什么区委宫书记会批准我这个少年入队？估计是他见我把儿童团领导得好，尤其是组织儿童捐献飞机、大炮支援志愿军。宫书记抗日战争时在山东老家当过儿童团长，他知道革命年代英雄也出少年。

离开道宗村六十七年了，魂牵梦萦那个村庄。昨天我们开车到达道宗庙，总共不到两个小时车程。1950年新妙区没有一寸公路，从新妙去道宗村，我走了五个小时。

到了道宗庙附近了，想问路，路边几家住房空无一人。幸好对面走来四个行人，才问清了路。见他四人携带着锣鼓，我满怀兴趣请他们敲打一番。传统民间锣鼓有人继承，颇为欣慰。但他们只能敲打一两套鼓点而不像当年的花样百出，又令我唏嘘。

"这里人生活好吗？"随行的小温问我。

"应该很好。有公路了，农产品卖得出去。用上化肥农药，作物产量也会高。你看，路边都种着青菜，一定是涪陵榨菜工业发达了，来乡下收青菜头，增加农民副业收入。还有青年人外出打工会寄钱回家。"这些都是我乐观的估计、良好的愿望。

打听到道宗庙那儿还住有一位91岁的冉姓婆婆，我便去拜访她。到了道宗庙，面目全非了。我驻村时，庙子用作小学教室，有百多小学生吧，唱唱闹闹。后来政府拆了庙宇修了四间水泥平房作教室，随着学生人数的减少，学校办不下去，校舍也卖给农民了。后查阅资料，才知道四十年来，我国小学已减少了91万所，当下只剩约17万所了。这里再没有学生闹闹喳喳，只有一只小狗汪汪汪汪。

冉婆婆听力、记忆都不行了，算起来我驻村时她有23岁，可怎么也无法唤起她的回忆。倒是旁边两位五十多岁的嫂子还听说过小学操场开过公审会，枪毙过几个人。我耳边顿时响起了公审会会场震天撼地的口号：

打倒土匪恶霸！

巩固新政权！

那场公审会枪毙了六个土匪恶霸，同在工作队的老刘和我分工负责刑场监察，实为监斩，组织民兵执行和验尸。刑场在学校边上十来米处，大山脚脚的小草坪。我去看了我当年的执法之地，草坪已开为菜地。死因姓名已忘却，但江山确已稳固。

我找到了当年居住的叫地楼的房子。两个横屋已经拆了，但未拆的正屋依旧老样。我在这儿住了两个多月，在这地坝上召开的农民大会上讲过许多次话。我还记得我在分浮财（地主恶霸家的非固定资产）大会上，教农民唱的翻身歌曲：

> 中国呀封建了几千年，
> 朝朝代代都是坏蛋坐江山。
> 如今呀老百姓要把身翻，
> 全面进军打得地覆天也翻。
> ……

呼唤了几遍主人，破烂宽敞的房子里无人回应。我们路过的房子中，十舍九空。有的房子并不旧，墙上还挂着空调和卫星电视的"锅盖"。

路遇一位老人，交谈后知道他七十岁，是这个村的。算起来，我驻村时他才三岁，便不问过往只问当下。

"青菜头现在卖多少钱一斤？"我问。

"四角钱。"

"你们送多远去卖？"

"不用送。车开到地边来收。"

八十年代我调查过，当时菜头四分钱一斤，还要走十几里路送去。现在听起来好些了。但当年五斤菜头钱可吃一碗小面，可现在小面五元一碗了。

"村里出去打工的人多吗？"我继续问。

"多。我们队户口有380多人，年轻的都出去打工了，留下的老人也不到100人。很多田土都荒了，没人种。"

是的，我们在村里待了将近两个小时，路过、访过十来座

芭 蕉 飕 飕

房子，一共只见到六个村民，四女两男，全都在五十岁以上，没见到一个青年人，也没见到一个小孩。两个留下的五十来岁的妇女，一个为了照顾九十岁的老人，一个是因为家里养有猪。

"打工的都会寄钱回家吗？"我又打听。

"他们在城里拖家带口的，能有多少钱寄回来？再说，出去打工的，三分之一找得到钱，三分之一找不到钱，还有三分之一说不上钱不钱。"

"你们吃饭不会有问题吧？"我惴惴不安地抛出了我的底线问题。

"那倒不成问题，随便种点就够吃了，还是白米干饭。又不交公粮（农业税）了。"我吊在嗓子眼的那颗心才落了下来。回想当年我驻村时，按规定走到哪家吃哪家。每餐我们给农户一张饭票，农民凭票可以在政府粮库领一斤大米。那两个多月顿顿吃粗吃杂，稀多干少，没有吃过一顿白米干饭。

当年，我们曾经给农民弟兄许诺，生活一定会越来越好。看到道宗村变好了，又好得不如预期，我真有说不出的滋味。回想这六十七年国家走过的路，确有弯拐起伏。当前正在搞精准扶贫，未来可以期待。

八十岁的我，在村里窄窄的田坎路上，腿脚还能走来走去，头脑也能想东想西。真是，离村六十七载，归来依旧少年。

可是，我的道宗村乡亲们还谈不上大好，我忘不了当年给他们许下的诺言。

2017 年 12 月 12 日

年关

"大人望赶场,细娃望过年。"我们涪陵乡下如是说。小时候,过年穿新衣,戴新帽,收压岁钱,吃香香(零食),多好!为什么大人只想赶场挣钱,不想快活过年?

不大不小的时候,看见街上的商铺过年前都挂出一个牌子:"年关已到,请销台号。"大人给我解释,平时积欠商铺的钱,过年前须还清,把欠账簿上的名号销掉。我看见许多大人愁眉不展,琢磨着怎么筹钱去还欠账。无忧无虑的童心被投上一道阴影。看来,过年对不少大人真是一道关。

12岁时,乡下中心小学老师们排演歌剧《白毛女》。虽说只有一架脚踏风琴伴奏,一盏煤气灯照明,万天宫大庙的书楼(舞台)也不大,每天夜晚庙内大坝、两侧楼厢都挤满了观众。连演一周,夜夜客满。"爹出门去躲债,整七那个天,三十那个晚上还没回还。"杨白劳过年被地主逼债,无力偿还,喝卤水自尽。我这才明白了年关是座难过的关,犹如鬼门关。

自1952年入中学起,到1985年从重庆出版社辞职下海,整整三十三年的学生和工薪职工生涯都没有什么欠债,从不觉得有什么年关。自1985年到2017年,又一个三十三年,小公司大工厂,企业经营尚好,年底从没有过还不起欠债之事。大形势好,我们企业总能筹到需要的钱。H大这种巨无霸企业还找我们借过钱,某区政府年关前还找我们借钱去发工资。活了整整八十年,没有过不去的年关。

天有不测风云,2018年我们撞上厄运。上半年各种各样对民企不利的言论接踵而至,我心坦然。尽管企业已装在心中,我哪有那么大的心房装得下这么多座工厂?说到底企业也是身外之物,合营也罢,捐献也行,只要能保住两万员工的饭碗。

广义货币过多,企业包括我们力帆,资产负债率高,去杠杆降负债势在必行。一年下来我们还债被抽走了60多亿现金(在中央和地方文件要求下,续贷回来了十来个亿)。全国债市几乎停顿,申请批下52亿发债许可,可是一分钱也发不出去。可怕的不是减贷减债,可怕的是市场一片恐慌。犹如群聚时的踩踏,无论多少人,如果大家心不乱,身不动,便相安无事。只要有三几个人心慌乱挤,恐慌的人群会雪崩式地踩踏,大祸就会降临。患难见真情。下半年政府号召保实业,不许抽贷断贷。哪些金融老板和政府一条心共度时艰,政府明察并不难。

天灾犹可恕,人祸不可活。我们不应怪天灾,应多检查自己人为的祸乱。越是大难临头,当头的越要负起责任。扩张过快是我们自己犯的傻,奔跑中,如不行走稳当,一点外力便可把人戳倒。用人不当则是我个人的大错,用无能的工学博士搞亏了工业,用无能的金融博士搞亏了金融。四川人说:"胡豆背

年关

时①遇稀饭，苋菜背时遇大蒜，曹操背时遇蒋干。"是我自己决定委他们以重任，遇人不贤，大祸临头，该背时！

2018年12月28日20时许，监管部门领导电话提醒我，次日，29日是该年最后一个工作日，企业金融机构的票据如果不能兑付，后果很严重。其实，2018年我们经营好过上年，资产变现还债坚定不移，然而一文钱逼死英雄汉。领导来电虽语气温婉，措辞平和，但自忖句句严，字字厉，顿觉大祸临头。鬼门关，望乡台，奈何桥，时隐时现眼前。

天可怜见！政府助我们实现了资产变现。市长、副市长签了字，画了圈，领导待我们如自家人，温情的一席菜，一壶酒，保我们过了年关，送我们进了2019年。孟子曰："君之视臣如手足，则臣视君如腹心。"生逢其时，生逢其地，庙堂江湖一条心，天下大同会有期。

年关难过年年过，
企业蹉跎人蹉跎。
祈愿大同岁末时，
细娃大人都快活。

2019年元旦

注：
①四川方言，倒霉之意。

芭蕉飕飕

本色风流

——谈我衣着

我在整理《本色英雄》一文时,几度想扔了它。少年崇拜英雄,今天不再。忽然看到照片上"一袭红衣也风流"的题字,我有了主意,用"风流"取代"英雄"。

谢谢毛老人家拯救了"风流",尽管风流这个多义词原本就既有贬义也有褒意。"数风流人物,还看今朝!"从此风流不色情。

下面是《本色英雄》修改而成的《本色风流》。

我今年八十岁,约几个朋友游丽江。买了件中式红衣,穿起来怎么看怎么顺眼,爱不释身。还留影一帧,题曰:

一朝春去红颜老,
一袭红衣也风流。

1952年至1955年,我念初中。新中国成立不久,穷人翻了身,社会以穷为荣。人人衣着简朴，旧衣补巴衣流行"时尚"。就读的重庆一中是所公立中学，学生家境普遍贫寒，衣着朴实。由于以穷为荣思潮流行，一些学生走极端还以烂为荣。那时候，我是个无家的孤儿。无钱剃头，便任乱发野蛮生长；无钱买鞋，一对光脚板去哪儿都昂首阔步。身着老式对襟汗淌儿，大腰裤头，歪歪扯扯，褛褛馊馊，不以为羞，反以为荣，一副少年不羁的做派。

二十岁出头，逢荒年，粮食棉花大幅减产。1961年（也可能是1960年）全民（也许只是四川）停发布票一年。1962年人均发一尺八寸布票，只能供百姓补两三个巴巴。1963年人均发布票六尺，也不够我缝一条裤子。我没有老家底，只能赖着每年发的那一套劳保服上班穿，下班着。还要点面子，把收腰夹克改成了敞摆。我那时身高1米83，高高大大，抻抻抖抖，生就一副好衣服架子却无衣可挂。"人是桩桩，全靠衣裳"，辜负了爹娘给我的这根好桩桩。

改革开放后生活改善，尤其是经商成功后，穿啥都不成问题。由于价值观已经固化，坚守着"好吃不过茶泡饭，好看不过素打扮"的传统，依然衣着从简，色彩单调。主观上也有些想给政商两界留下个务实、低调的形象。

好多好多年，我们的车间、田野、大街都是一大片黑压压的青色、蓝色，"文革"那几年一派军绿色，浑然一体，没人出彩。谁敢率性而为穿着出色，谁就将遇到许多麻烦。社会看你不顺眼，单位看你不顺眼，家庭亲人都可能看你不顺眼。

75岁以后，工作担子逐渐移交，有闲暇来端详一下自身。"犯不着为别人继续苛刻自己吧？为家人、为别人活了几十年，能不能为自己活几年？"于是我渐渐喜欢起款式特别、色彩鲜

芭 蕉 飕 飕

艳的服装来。老人的衣着本来就艳过年轻人，普天下皆然，吾又何必亏待自个儿？

想起了年轻时爱唱的四川民歌《三根柏树》：

> 三根柏树一样长，
> 我在树下开染坊。
> 毛蓝花花我不染，
> 专染妹的红衣裳。
>
> 幺妹穿起红衣裳，
> 提个篮篮去赶场。
> 看见我来抿嘴笑，
> 假装低头看衣裳。

抿嘴笑，开怀笑，变换着我的着装，一任风流。居然有朋友夸奖我搭配讲究，穿着一流。

随着服饰的美化，有人问我是不是读了《葵花宝典》像东方不败那样了，宝典并无，信条倒有：释放本性，回归本色。

> 各人自穿暖花色，
> 休管他人冷眼光。
> 真本色，自风流。

2017年10月21日初稿，2019年2月19日修改稿

一次"蝴蝶效应"

美洲亚马逊丛林的蝴蝶扇动翅膀有可能引发飓风,这种由一个细微的变化引发巨大反应的现象叫作蝴蝶效应。我的一生似乎也经历过。

1997年10月29日,时任总理李鹏同志来我们力帆公司视察。当时我们只有六七百名员工,年销售收入十多亿元,年利润一亿多元。

我向总理汇报,力帆是一家创新型企业。热销产品100cc电启动四冲程摩托车发动机,全国首创,供不应求,利润不菲。他边说好、边点头,不停地鼓励我们。一位大国总理当然不会为我们这点小成就而激动,但当他看到了我们的活塞环安装机时,他真兴奋了。

我们小工厂组装摩托车发动机,工具只有扳手、榔头。把活塞环装到活塞上,只能用人手把活塞环直径掰大。我想,高速运转的活塞,每分钟5000到20000个来回。掰一下活塞环,会产生微小的变形,哪怕只有万分之一,就一定会大大地影响活塞的运行质量和寿命。

1994年，打听到重庆中美合资的浦益斯公司也生产汽油机，我和几位工程师去参观了，人家是用机器自动安装活塞环。还打听到这台活塞环安装机花十多万美金进口来的，乖乖，我们真的买不起！

回来后我问高级工程师王安武："王工，我想你也看明白了，那台机器用了个圆锥体来扩大活塞环的直径，平均用力，不会损伤活塞环。我们能用这个原理自己设计制造出简易的安装机吗？"

"我琢磨过了，能。"王工回我，"大概造价五千元吧，我来设计。"

"太好了！造出来了企业奖励你五千元。"

一个月后，王工把一台活塞环安装机摆在我的面前。大小和当下家用空气净化器差不多。操作人踩一下脚踏板就装好了一个活塞环，而且对活塞环没有伤害。

"这可能是我国第一台活塞环安装机。"我向李鹏总理介绍了它的来龙去脉。他的双眼突然亮了，不停地问这问那，还亲自用脚去踩了几下，他对着陪在他身边的市委张书记和蒲市长大大夸奖我们。

离厂时，总理跨上考斯特车后转过身来，手把着门大声说："明善，记住，我退休后到你这里来打工！"这句话不仅令我非常高兴，我想，张书记和蒲市长也和我一样高兴。

1998年1月，总理来厂视察后不到三个月，市委统战部李兵部长对我说："你已经被推选为全国政协委员。起初，中央统战部没有批准你和韦某某两人。张书记和蒲市长一致意见，叫我去中央统战部请求，韦、尹两人一定要保留。中央统战部也同意了。祝贺你！"

　　回到厂里，我一直忐忑着，企业不大，我又满60岁了，刷下来理所当然。可张书记和蒲市长为什么一定要推我上？不经意间我走到了活塞环安装机跟前，我眼睛睁大了。这件大事，或许就源于安装机这只小蝴蝶。

2019年2月3日

～～～～～～～～～～～～～～～～

后记：

　　从一粒沙可以看大千世界。这件事也许可以多少说明，民营经济为何能迅猛发展，民企业主为何能快速成长。

芭蕉飕飕

少数人不"少"

二甲双胍(下称二甲)是治疗糖尿病的良药。面市多年以来,还发现它有防癌功效,价格也便宜。我血糖偏高多年,前几年未服二甲。近两月来医嘱每天服一粒二甲。服后血糖稳中有降,但人日渐消瘦,偶有腹痛、腹泻,体重减了八斤,没了力气。近日医嘱增为日服二粒,服后心率过快,心慌难忍。查看二甲的资料,"(不良反应)偶见恶心、腹泻、腹痛、体重减轻、头晕、心悸……"偶见者,少数人才会有也。我却不幸位列"少数人"之中。医生是不是应当特别关注有副作用的少数人?

多年以前,我家在筒子楼中是第一家买了电扇。一个20吋的小电扇。居委会开会,强制要我家停用,否则全楼的电费由我一家承担,因为少数必须服从多数。

1962年,阴差阳错,生活安排我去放羊。并没在那遥远的地方,也没有个好姑娘。我和另一人共同管放四十多只羊。放羊的诀窍是管好头羊。要带领羊群转移去哪儿,一个人哄着、吆着或牵着头羊向前走,羊群就会跟着头羊走。总有一两只羊爱掉队，贪恋路边的青草。另一个人殿后，专门吼着、赶着或抽着落后羊。牧羊人只需关注少数几只羊，头羊和掉队羊。这就是我们常说的工作方法——"抓两头，带中间"。先进加落后的两头，仍然是群体中的少数。

我管过多年工厂，深知员工中某些少数人，他们人数少，能量大。比如，某段时间，工厂接电力部门通知，白天不能供电，只能晚上供。工厂被迫停白班、开夜班。阴阳颠倒，员工们不愿意上夜班，其实只有几个刺头在起哄。我们鼓励共产党员带头克服困难；又专门安抚那几个刺头。党员带头进车间了，刺头也不闹了，大家都理解了工厂的难处。党和政府常有新政策颁布，大概都会有少数人或极少数人想不通，甚至个别可能抵触。我们的工作重点也应该放在那些想不通和有抵触情绪的少数人身上。

人们在闹市打望，赏心回眸的也只是对少数的靓女俊男。一锅菜好不好吃，有时取决于一小勺盐巴。恢宏的交响乐，最关键是它的主题乐句。听过德沃夏克的《新大陆交响曲》的人不少。整个交响乐我们记不起多少，可那主题乐句"咪嗦嗦，咪咪哆，咪咪嗦咪咪——"却终生难忘。

列宁说过："真理往往掌握在少数人手中。"我们要尊重少数人。一生中，免不了自己也会当几次少数人。

少数人不"少"。

2019年7月4日

芭蕉飕飕

宽容的电影院

——这里没有审查

我喜欢看电影，还喜欢电影院，因为在讲斗争的那些年月，电影院却那么宽松、宽容。

我第一次看电影是在 1947 年春，在重庆大梁子（今新华路）民众电影院看的美国五彩片《彩凤清歌》。一个 9 岁小孩，一下子就爱上了这些仙境、仙女、仙乐。

我国的电影高潮过也低落过，最低落是在"文革"中期，可那时我进电影院从未停止过。都说老百姓的顺口溜是历史的见证，看看电影衰落那些年人们是在怎样评说：

中国电影新闻周报；
朝鲜电影哭哭笑笑；
越南电影飞机大炮；
罗马尼亚电影搂搂抱抱；

阿尼巴尼亚电影莫名其妙。

就在那时，朝、越、罗、阿等外国电影我场场必看，本国唯一准许上演的新闻周报我也一场不落。为什么？

自从1958年我被划为"有问题"的一类人以后，人们包括过去较亲近的，都有意无意地远离我。我也怕影响亲友，无奈中也避开他们。厂里组织员工上街游行，比如，反对美帝侵略越南，或者开什么政治方面的会，都不准我参加。我是人，但入不了群，因为我经不起政治审查。

我是政审的严重受害者。我21岁写成的《车工找正的方法和原理》因政审不合格而不得出版。重庆音乐家协会在我22岁时准备发展我为会员也因政审作罢。工作、待遇、结婚、生子无一不受政审的严重影响，而且是严重的负面影响。

唯独看电影不政审。几百号人的群众集体活动，买票不政治审查，进门查票不问身份，带座位的工作人员只看票不论人，电影院也没有审查室、训话室之类。对于时时被监督、处处被隔离的我，那是一种多么博大的宽待、宽松和宽容！平时我在公共场合，总感觉有那种如芒刺在背的目光，逼得我常常半低着头。在电影院，当灯光熄灭后，众人的目光都集中到银幕，明里暗里都没有锋芒的目光投向我，习惯半低的头也伸直起来。进入剧情后，我也和全体观众一同紧张，一同松弛，一同嬉笑，一同落泪。那是人类天生的群居群处的自由自在，我感觉回归到了平等平常的人群之中。所以不管什么电影我都愿去看，电影结束后我总是最后离开影院，舍不得这个无歧视的环境，舍

芭蕉飕飕

不得这个无斗争的人群。

露天电影我也爱看,因为那里也没有什么审查,气氛同样宽松。有时,银幕正面观众太多,反面我也乐意去。"文革"斗当权派时,把厂里一切牛鬼蛇神都拉出来陪斗,让我知道了谁谁谁也"有问题"。我注意到电影院也罢,露天电影也好,"有问题"的人都常常去。我们谁也不敢招呼谁,但都喜欢这种无审无查的环境。那年月,我不大喜欢和家人一同去公共场所,怕人家对着我指指戳戳令他们自卑。但我喜欢带他们去看电影,因为那里我们一家人能受到宽待。

在那个年月,难得有电影院这样善待众生的公共场所。人们来这里受教育也罢,娱乐也罢,都是有教无类,有娱无类。

2019 年 3 月 8 日

懂得欣赏

——读朱光潜《谈美》

经常有人问我：一生中什么时候最快乐？学生时代？奋斗的过程？不。人生最快乐的时候是人在欣赏什么的那个时刻。

无论你欣赏的事物微小或者宏大，比如一朵花、一幅画、一首歌、一个人、一段情、一项成果、一个胜利……那一刻你只有快乐，你会忘记烦恼，忘记困难，忘记不幸，甚至忘记了自己。

幼年丧父算不幸吧。11岁时父亲去世，我号啕大哭过。怀念我父亲的亲友在我们送葬的路边摆下祭台，灵柩经过时，他们焚香烧纸，鸣（鞭）炮磕头。我们孝子一行跪拜还礼。我好感动于那路祭的深情，以致跪下后还在抬头观看。是欣赏路祭那一刻我忘了丧父之痛。

一个同龄好友，23岁蒙冤入狱。后来我问他："你如此优秀，又那么好强，怎么会甘居为囚而没有撞墙？"他回答我说："不

芭蕉飕飕

仅想过撞墙，还想过触电。在狱中，我常常闭目回想，欣赏过去那些美好的事物来忘却眼前的苦痛和未来的绝望。我回味典雅的诗词、动听的歌曲、自己解数学难题时的灵光、在妈妈怀里听讲故事和我初恋时的那些月下漫步与眉目传情。在我专心欣赏的那个时刻，我忘形了，自由了，而不觉身陷囹圄。我和一切人，包括眼前的看守、警卫员，以及记忆中的亲友、同学，都平等了，而不再是囚徒。"

"欣赏大半是情感而不是理智"（《谈美》），去发现真善美以感动我们自己。如花、景、人、诗、歌、画、情、义等。"了解是欣赏的准备，欣赏是了解的成熟"（《谈美》），读万卷书、行万里路的人，欣赏能力一定比他人更丰富、更深沉。

可供欣赏的真善美是可以创造的。小到穿着打扮，大到文艺创作、自然探索、扶危济困等。"人生本来就是一种较广义的艺术"（《谈美》），人能创造出许多可欣赏的美。瓜棚下的黄粱浊酒，农家乐不亚于朱门内的海鲜茅台。就是那些不幸的人，如伤残人、失独者、天灾人祸的受害者等，如果他们专心欣赏某一件事物的那片刻，兴许会从不幸变为有幸。欣赏可以弥补人生乃至自然的缺陷。

众多的欣赏都是短暂的、片刻的，但美好的片刻都具有延时功能，让你记忆久远。当今抖音、快手等都是创造片刻的欣赏，你看它们有多么火！人都有选择性忘却的倾向，我们能把长久的苦痛转变成短暂的感伤。正是这种短暂与悠久的人为转换，促使我们去珍惜瞬间的欣赏。人间不如意事常八九，竭力把欣赏带来的一成欢娱去覆盖那不如意的八九。

懂得欣赏

光潜大师在《谈美》中说："人的美感的活动全是无所为而为。"欣赏就是一种"无所为而为"的情感。我们在欣赏什么时，不必追究是为了什么，不应该把欣赏目的化、功利化。为了什么目的去欣赏，那时你惦记着利害、成败、荣辱，你就没法真正进入欣赏的境界。有所为的活动，人是环境的奴隶；无所为的欣赏，人才是心灵的主宰。

《谈美》描述，在美丽的阿尔卑斯山谷的公路旁，立有一路牌："慢慢走，欣赏吧！"我们懂得欣赏，就不会忽略人生旅途的好风景。

慢慢走，欣赏吧！

2018 年 12 月 26 日

当过匠人，向往诗人

——兼谈工匠精神

经商三十年，难免铜臭味。退休后好想增点艺术范儿，添点书卷气。近读美学大师朱光潜先生的《谈美》，说"艺术家都须有一半是诗人，一半是匠人"。自思自量，做诗人缺天分，做匠人也未成器。

1958年到1978年间，我当过二十一年匠人。在弘扬工匠精神的当下，也来谈谈匠人。匠字的含义略偏贬。工匠、木匠、石匠等言其职业，无所谓褒贬。可教书匠、画匠、乐匠等等却是指技艺不精的人，称不上"师"故贬之为"匠"。

匠人都有手艺，俗称手艺人。常言道，"天旱饿不死手艺人"，匠人能靠手艺谋生，强过没有手艺的下力人。所以川渝人调侃"养儿不学艺，挑断箩篼系"。

手艺主要是经验积累，多半未提到理论高度。我学车工没几天，师傅张春和就告诉我："找正是车工的高级手艺，会找正就能当四级车工。"师傅只能找正给我看,却讲不出什么道道。找正就是把车床装夹的工件校正到正确的装夹位置。我跑了多家书店、图书馆,查遍了车工技术书和机械加工书,都没找到有关找正的描述。我决定自己来写。花了几个月的时间,写出了一本六万字的书稿《车工找正的方法和原理》,寄到机械工业出版社,很快就给我寄来了出版通知。因为我把匠人的一种手艺理清了它的原理,把变化无穷的工件概括出简易的找正方法。前无古人。那时我的等级是学徒工,月工资15元。遗憾,最终因政审不合格,书稿被退回我厂人事科。

　　手艺常常是匠人的一种感觉,难以言传。比如一件变形的条状钢板,需要匠人来"正抻"(弄平直),手艺高超的匠人只需敲两三下榔头就正抻了。真是叹为神工!我当过八年镗工,那时没有数控机床,刀具的半径靠工匠用榔头敲打刀具的轻重来定。千百次的苦练,我也能凭敲打的手感把刀具的半径误差控制在正负两丝内(一丝就是0.1毫米)。要想冰冻三尺,就得百日风寒。

　　匠人追求改进,精益求精。"三分靠手艺,七分靠工具。"不会改进工具的匠人不是好匠人。1963年,我厂生产塑料凉鞋。由于模具不精,压出的凉鞋浑身长满飞皮,像条毛毛虫,影响出厂。厂里临时成立了一个加工工段,两百来人手握皮匠刀,天天切飞皮。我也被调去了。全工段人均每天加工三十多双,可我个人每天产量一百五十多双。因为皮匠刀一不小心就会切掉鞋襻,切坏鞋帮,大家行刀小心翼翼。我设计了一个钩钩刀,刃口藏在弯钩里,确保只削飞皮不伤鞋,行刀如飞。正是工匠

芭蕉飕飕

不懈的追求改进，才有了今天更高级的工具：数控机床、机器人。

十八年匠人生活，泡在匠人堆里，知道匠人最难得的是甘居平凡的毅力。匠人的工作最大特点是重复，重复再重复。一辈子就生产不多的有限的品种，每个品种却要重复生产几百、几千、几万件。无疑，工作少有新鲜感，平淡无奇。匠人们日复一日地加工每一件产品，保质保量。尽自己本分，不奢求褒奖。

有诗人把同一首诗歌写十遍、百遍、千遍的吗？诗人的作品首首不同，天天追求新鲜、新颖、新奇，那叫创作。匠人呢，唧唧复唧唧，天天当户织。

我想增添点艺术范儿、书卷气，目标"一半是诗人，一半是匠人"。可惜我缺少诗人的灵感和想象力，那就守住匠人的手艺，精益求精和不厌其烦地张打铁、李打铁。

2018 年 12 月 15 日

老来三玩

真不敢相信自己进入 81 岁了！还记得小时候打光条条（"条"念三声）跳进池塘洗澡，荡起的水花溅在池塘边洗衣服的大嫂、二姐们身上。她们笑着骂我："尹老九，你个'打嫩巅'（夭折）的！"

女子心软，口恶心善，我不特没"打嫩巅"，反倒活到八十出头了。有时候真想把自己年龄改小十来岁，可小学同班还活着八九人，初中同班活着四十多人，他们是见证，没法作弊！

我属牛，劳碌命。年少时学习狂，成人后工作狂，不劳累，手爪爪痒。我没饶过岁月，所以岁月不饶我，把我狂、劳的本钱收回去了。怎么过下去啊？

去养老院探视过亲友，见到许多老人呆坐着，木瞪瞪地盯着天空，我心凉了大半截。不能这样过吧？

我得力所能及地动起来。首先想到的是读书写作，我还有很多好书未读，还有很多好念头未写。四年前开始了读写，每年能精读十来本书，能写二十来万字。吟不出好词妙句，常常毛焦火辣的，因为心底里总想有什么传世之作留世。人到老年万事休，说好听点，你是天地之过客；说直白点，你不过是宇宙中的灰灰毛毛。传什么世？算了吧。随笔者，随便落笔也。想通了，随便写，轻松了。

受家乡啰儿啰山歌熏陶，自幼酷爱歌唱。小学、初中各有一位好音乐教师，陈然老师和倪启华老师，他俩培养和提升了我的音乐修养。青年时还吃过两年音乐饭，安逸，上瘾了！老年有闲，配上大小耳机、多种音箱，听过多场演奏会，过了一把音乐瘾，解馋！年轻时嗓子还亮，迷倒过爱我的人。而今呢，沙哑了，气短了，音域窄了，还唱吗？唱！唱到自己手舞足蹈，唱到自己摇头晃脑，唱到自己老泪纵横，唱到自己破涕为笑……

行万里路得有充足的旅费，于是三十年前扔了铁饭碗，下海创业了。托改革开放之福，挣了几吊钱，找回了七八个伴，于是相约于江湖，忘形于山水。足下河东河西，口里日南日北①。老翁老妪，嘻哈打笑，乐不思蜀。

少时恋劳，老来贪玩，人生正道。余有三玩：读书写作、听曲唱歌和结伴出游，不怕老来衰弱，不惧老年孤独。

再啰唆一句，不是干三项大事，是三玩。是的，玩！

2018年1月29日

注：
① 古人不知太阳东升西落，常作日南日北之争。重庆人骂不着边际的高论叫"日北"。莫把"日南日北"想歪了！

二、谈音乐

音乐没必要懂,你喜欢就好

——"三谈音乐"之一

有个好友微信我:"我确实不懂音乐,但我喜欢它。"

我立刻回复他:"音乐没必要懂,要的就是喜欢和享受。"

音乐不同于其他艺术形式,比如诗词。你必须先弄懂诗词,才可能知道它的美妙,才可能被它感动,才可能引用它,欣赏它。

音乐则不然。旋律的意思是什么,和声处理有什么巧妙,配器为什么侧重弦乐(或管乐),等等,能明白这些的只有极个别的专家、专业工作者。人群中万分之一二吧。万人中可能有一两百人大体懂音乐。叫他们说出个道道,也会见仁见智,自云自道,众说纷纭,莫衷一是。比如,表达方向明确的标题音乐,如《二泉映月》《多瑙河之波》,十人的解读兴许有五六个版本。万人中可能有五六千人喜欢音乐。但其中多半喜而不懂,不知道它所表达的究竟是什么。有歌词的、有标题的音乐容易懂一些,但也很难全懂。

音乐的魅力不在于要人懂它，而是要人喜欢它。喜欢音乐能使你的生活多一些色彩，多一些滋味。在忧伤中你会得到抚慰，在抑郁中你会开朗，在孤独中你不寂寞，在消沉中你会奋起。当前网上有文说，喜欢音乐能增进食欲，喜欢唱歌最令人长寿。（乖乖！）音乐最奇妙、最神秘之处就是你不懂它也会喜欢它。

不仅是喜欢，你还会享受它。听音乐使你舒服，使身体舒展，使心灵轻松。听音乐使你有所收获，收获了温暖，收获了体贴，收获了美丽，收获了情爱，尽管收获于虚无缥缈的美梦之中。音乐还能满足你的需求，镇静的需求、振奋的需求、表现的需求甚至斗争的需求。舒服感、获得感、需求满足感都是人生美好的享受。

喜欢音乐是较模糊的，而享受音乐是较清晰的。喜欢音乐多半是被动的，如影视中传来的音乐、不期而遇的歌声；而享受音乐多半是主动的，如去听音乐会，去赴亲友的音乐沙龙，去购置高档音响。我认识两位发烧友，为享受音乐他们倾其所有，钱花光，力耗尽，无论昼夜，在所不惜。

在人们吃不饱的那些年月，好的、次的音乐大家都无动于衷。所幸，当下丰衣足食了，喜欢音乐的人大大增加。八十年代初，邓丽君歌曲、港台歌曲、影视歌曲大流行。那是国人衣食足后爆发的音乐潮。到今天，只顾喜欢、不求明白的依然是多数人。诚然，如果你又喜欢又理解音乐，兴许会使你享受更多，但这并无必要。

芭 蕉 飕 飕

计划经济时代音乐和其他物品一样,也是卖方市场。"生产者"的地位优于"消费者"。高高在上的音乐家会嘲弄听不懂的普通听众。市场经济的当下,音乐也转变为买方市场,顾客听众才是上帝,只要他们喜欢你的音乐,别管他们懂或不懂。喜欢的人少了,你可能喝西北风,哪怕是正襟危坐在象牙塔里。

　　音乐没必要懂,你喜欢就好。

2018 年 12 月 8 日

比较歌曲与纯音乐

——"三谈音乐"之二

许多人都会唱一首歌《你是灯塔》:"你是灯塔,照耀着黎明前的海洋……"但是,会有人把它听成"你是等他……"。为什么?

在古代汉语中单音节字很多。据统计,音节只有300多个,表达能力不强。于是我们有"阴阳上去"四声,把音节数放大了四倍,据统计,习惯上使用的音节加四声后也只有1300多个。音节依然不多,无法作丰富的表达。于是就有了大量的同音异义字。收字最多的《汉语大字典》收有汉字单字共60370个。计算一下,平均每个音节多达40多个异义字。阅读时,用眼识别同音异义的字,如电和店、源和员、去和趣,等等,无碍理解。两个字的同声异义词,如电源和店员、去世和趣事、升学和声学,等等,也无碍于理解。但是,用耳朵听,四声和同音异义就较难分辨,免不了歧义,要靠前后搭配的语境来辨别。

芭 蕉 飕 飕

歌曲中旋律时高时低，只凭听觉就难分辨四声和难分辨同声异义的字或词。因为我们很少看着歌单听歌，"你是灯塔"就听成了"你是等他"。同样地，《心恋》唱词"假装欣赏欣赏一瓶花"可能听成"假装欣赏欣赏一屏画"。

西方语言，以英语为例吧，虽然字母只有26个，但因为它的词允许有多音节，所以组成的词非常之多。《牛津英语词典》就收录了61万个语汇，足以表达各种意思。自然而然它就没有什么四声声调区别，同声异义词也很少。他们说话升调降调都无碍理解，配上高音低音理解歌词也无妨碍。所以，客观地说，汉人听汉语歌比英美人听英语歌要难懂一些。

汉语入歌较难，纯音乐则不然。在欣赏理解纯音乐上，操各种语言的民族欣赏时不会有差异。就像笑、哭、叹息、呻吟是人类共同的声音一样，纯音乐是人类的共同语言。先天上，欣赏纯音乐对于各个民族没有难度差别，只有后天的音乐修养的差异。

需要解释两个现象。

其一，既然听懂歌曲比听懂纯音乐多歧义，为什么当下的中国，听明星演唱会的人比听纯音乐演奏会的人多很多（十倍、百倍吧）？

那是因为纯音乐的构成比歌曲更复杂，对于音乐修养不高的人，听歌比听纯音乐容易；听歌还有歌词助你理解；加上当前拼颜值和追明星已成时尚，所以听明星唱歌的比听纯音乐的人多很多。

其二，既然理解纯音乐各个民族难度相同，为什么当下西人听纯音乐的比我们国人多很多?

　　文学艺术是上层建筑。只有当物质繁荣之时文学艺术才能高度发展。几百年贫穷落后的中国,音乐发展必然滞后。我们理解纯音乐和西方确有差距。近来,我在读罗曼·罗兰的《约翰·克利斯朵夫》,书中描写音乐或分析音乐的篇幅太多。如临天堂,令我神往;如读天书,令我汗颜。

　　我最早接触纯音乐是我们乡镇武装自卫队的军号声。天刚蒙蒙亮,我在半醒半睡之际空中传来:

嗦咪——嗦啦——,
咪嗦——咪啦——,
咪啦——咪嗦——,
嗦嗦嗦啦——。

　　我好喜欢。我们这群调皮崽儿还为它填了词:大天白亮 / 催猪起床 / 起床做事 / 猪在床上。还有婚礼中迎亲的唢呐调,也被我们填上词:嘀力嘀呐,接个媳妇来烧茶。

　　最热闹、最普及的是刚刚解放时的集体舞舞曲。那时我在距家四公里的西南中学念初中一年级。为欢庆解放,我们每天要跳三四个小时,乐曲来自解放区或苏联,非常开朗,非常动听。当年那场面比当下的坝坝舞还普及、还疯狂。

　　再就是五十年代初的广播体操,领导带头,万民上阵,那可是新中国一曲集体主义的颂歌。音乐时而高亢激越,时而悠扬婉转,六十多年了,我还记得许多乐句,尤其是"平均运动"

芭蕉飕飕

那一节我们的调皮填词：站又站不稳／冷又冷得很。

随后，各家电台开始零星地介绍中西方的纯音乐，也开始有了少量的中西方纯音乐的唱片发行，如《彩云追月》等。我一直是忠实的听众。

1955年我17岁，平生第一次花五角钱去听了中央乐团小分队的演出。记得有女钢琴家巫漪丽的钢琴演奏和打击乐家方国庆的木琴演奏，惊为仙乐，激动得我半夜都睡不着觉。真正听交响乐演出，那是改革开放之后了。

随着我国经济的高速发展，音乐也日趋繁荣。改革开放前，中国只有那么几支交响乐团，现在恐怕已有百支以上。音乐学院、音乐人也已有十倍、百倍的增加。连我们企业也有一支四十来人的业余军乐团。纯音乐的繁荣，国人的纯音乐修养都会赶上西方的水平，那一天不会太远。中国会有自己的贝多芬、莫扎特和亿万纯音乐爱好者。

语言是人们表达情感最主要的手段。

语言的尾声就是歌唱，

语言的尽头便是纯音乐。

中外音乐家为人类创造了那么多美妙的、伟大的纯音乐，不多多欣赏，岂不辜负了我们的人生？

2018年2月23日

欣赏，从标题音乐起步

——"三谈音乐"之三

谁叫我们有喜怒哀乐？

谁叫我们有爱恨情仇？

便纵有千种风情，

更与何人说！

于是，世上有了音乐。

人用语言表达感情，情到深处会情不自禁地把语音扬上去，抑下来，成了曲调，那就是歌。激动得说不下去了，言词似乎也苍白无力了，就用一种无词的声流来表现，那就是音乐，纯音乐。我在"三谈音乐"之二也曾经概括过：

语言的尾声就是歌唱，

语言的尽头便是纯音乐。

芭 蕉 飕 飕

很小的时候我就感受到了纯音乐的美妙（上文我叙述过我经历纯音乐的历程），尽管模模糊糊。我打小还迷恋自然界的"交响乐"：鸟鸣、鸡叫、狗吠、羊咩、牛哞、微风习习拂，牧童喂喂唱，军号嘀嘀吹，好怀念那位可爱的无名的军号手！

音乐是以声音为载体的艺术形式。声音被创作、加工成了音乐后，随着复杂程度的增加，被接受的难度也加大。

较易接受的是歌曲，因为它有歌词明明白白地传递感情。故事大了，歌曲就成了歌剧或戏曲。歌剧、戏曲的唱词也有助于我们理解音乐。我国的戏曲历史悠久，品种繁多。中外的歌剧也琳琅满目，如《白毛女》《红珊瑚》《洪湖赤卫队》《卡门》《茶花女》等。陌生的或异族的歌剧、戏曲听懂就难了些，但听众也能猜出个大概。回忆我们儿时看戏，红脸进，花脸出，张飞杀岳飞，杀得满天飞。虽不明就里，那唱腔、那锣鼓叫我们欢腾雀跃，幺台①了还赖着不走。

随着人们生活的演进，没有歌词的音乐因生活场景的需要而诞生、发展，如红白庆典、宗教仪式、政治军事典礼等等。这种没有词的纯音乐经过众多音乐人的创造越来越丰富。加之乐器品种增多，配器多变精妙，音色绚丽多彩，演奏风格变化万千。纯音乐如此迷人，再难，人们也舍不得放手。

于是乎，人们便对纯音乐选择性收听，并自行解读其含义。这种对纯音乐自选自释的过程，存在着"知其然而不知其所以然"。对此，没有人会去深究，也不会有人嚷着要"退票"。这个自选自释纯音乐的过程，还存在着解读差异：你以为是风声，他想是水流；你说写的是鲜花，他看描的是彩虹。也许，正是

欣赏，从标题音乐起步

这些模糊理解和差异解读才是纯音乐的神秘和魅力。其实，一个人对纯音乐的理解，听到的是他自己的人生；众多人对带词的歌曲理解一律，听到的是别人（作者）的人生。我想，相当多的人，包括我，欣赏纯音乐时，一边嘀咕，好难懂；一边窃喜，好美妙。

画家们聪明。他们那些神来之笔加上标题后，就给我们指引了欣赏之路径。比如列宾的《伏尔加河上的纤夫》、梵高的《向日葵》、罗中立的《父亲》。有些印象派的画，若无标题，可能会被人斥为鬼画桃符。

纯音乐加上标题同样帮助我们欣赏音乐，如《彩云追月》《夏夜》《二泉映月》《思乡曲》《病中吟》《渔舟唱晚》《春节序曲》《马刀进行曲》《月光》《命运交响曲》《英雄交响曲》……听这些音乐演奏时，那些标题会引导我们去遐想，帮助我们解读。那些标题会明示或暗示一幅幅画面，如月、如夜、如泉、如乡、如病、如舟、如春节、如骑兵、如命运、如英雄……随着那乐曲的流淌我们感情起伏，心扉敞开，同喜同笑，同悲同哭。

平生第一首令我惊愕、令我折服的标题音乐是《彩云追月》。大概是1954年，我16岁。学校习惯在吃饭时由广播放音乐。有一天我饭后走出饭堂，空中突然传来一道特别悠扬、特别舒展的乐音。一幅似清晰又模糊的画面、一个似记忆又忘怀的故事吸引住了我。我立刻向广播站奔去，想问清它的曲名。

哦，它叫《彩云追月》。乐曲描述的似乎就是我的童年夏夜，和妈妈在街边乘凉，我躺在她怀里仰望天空。一轮半圆的月亮从云里穿出，穿过一朵又一朵云，冉冉行走。一朵云追上月，

芭蕉飕飕

又一朵云追上去。云和月在夜空里追逐，就成了"嗦啦哆咪咪嗦啦——"五声音阶一级级地平稳上扬。我一生一世的彩云追月景象，好悦目！我一生一世的《彩云追月》音乐，好悦耳！

当然，标题音乐并非好过无标题的纯音乐，各有千秋吧。无标题的纯音乐演奏者创造空间更大，倾听者想象的空间更广，可以不受约束地自由解释，让情感自由翱翔。唐诗中李商隐的《无题》诗，意境无限，读一次，美一回。

听懂《D大调交响乐》之类的无题音乐，难。欣赏，就从标题音乐起步。

2018年2月24日

注：
①四川人把戏曲的序幕叫闹台，开幕叫开台，闭幕叫幺台。幺者，末也。

故乡,只需要轻轻的一声唤醒

——同一道菜,同一首歌

来美国已经多次,这一次一天就倒过来了时差,三四天就习惯了这里的饮食,习惯了这里的生活方式。

今天中午,美籍晚辈带我进了一家叫 Luxe(豪美)的自助餐厅。门口张贴可容 436 人进餐,不小;成人每人 23 美元,65 岁以上者减 2 元,不贵。餐厅不小还不贵,给了我小小的惊喜,没想到接下来还给了我一个大大的开心。

近两成菜品是中国餐食:春卷、麻圆、煎饺、银耳羹……刀叉外还备有筷子,窃心一爽。我取了一个春卷、一个煎饺、几根豇豆,当然也取了西餐的十来根薯条、一小块比萨、一些沙拉……

喜啥取啥,不分中西。突然,餐厅的音响从一首西洋的钢琴曲,转为一首轻柔的东方味的管弦乐曲。我驻足一听,熟悉的歌词涌上心头:

芭蕉飕飕

> 你问我爱你有多深，
> 我爱你有几分？
> 你去想一想，
> 你去看一看……

一瞬间我想起了远方的爱我、我爱的姑娘，想起了亲我、我亲的亲人，想起了知我、我知的友人，想起了创我、我创的田舍厂房……心头一热，泪水一下子模糊了我的双眼。啊，故乡故人，吾土吾民，原来你们只需要轻轻的一声唤醒。

餐食当然没有全盘中化，西菜为主。用餐的华人也不过百之三五，但许多西人也取了春卷、麻圆。店主取一种包容的姿态，客人不经意地热心参与。西不嫌中容我，我不厌西近你。求同存异，和睦相处，和气生财，生意兴隆。

几道中式菜、一首中华曲便唤起了我故土故人的情感，促我早日打道回府。但我还会经常来，因为这里有同一道菜、同一首歌，情同趣同。我知道外国人去中国也很少长住，但相信他们也会常去，只要我们为他们备上一宗宗这点同、那点同，让他们打心眼认同。最好最好的，就是播放那无须翻译，无须解释的同一首歌、同一首曲。

西欲化东，东欲化西，热战冷战，似乎大同难求。也许，点点滴滴的小同会慢慢积累成大同。同肴混餐，同曲交响，同样的感受，同样的渴望。因同而近，因同而亲，海内渐有知己，天涯渐成比邻。世界大同虽远，我们一步一步走近。

2017年2月27日初稿，2019年2月26日修改稿

故乡，只需要轻轻的一声唤醒

在重庆听交响乐

改革开放以来,尤其是 1997 年重庆改成直辖市以后,经济发展迅猛。但文化发展滞后,偶尔还有人作文化沙漠之叹。

昨晚,有朋友赠票请我去听上海交响乐团的"久石让交响音乐会"。幸不木讷,心有所动,且记之。

先说一些非音乐的感受。容纳五千多人的重庆人民大礼堂座无虚席,而且票价不菲,最高 2018 元,最低 680 元。说明我的乡亲们对音乐的需求和欣赏水平在快速提高。交响音乐会对听众的衣着是有要求的。前些年的交响音乐会上我见过穿 T 恤拖鞋的,昨天给我的印象听众严肃多了。山城的观众以热情著名,昨天晚上还显得有礼貌,像那个样儿了。

在散场后的人流中,一个三十岁左右的女士追上我问:"您是×××先生吧?您也喜欢听交响乐?"

"是。您不也喜欢吗?听口音您不是本地人?"

"我是上海的,今天专程飞过来听这场音乐会。我喜欢我们的上海乐团!更喜欢音乐家久石让!"

芭 蕉 飕 飕

不足的是乐台上还装有好几个麦克风,音乐会上播电声,失了原汁原味。重庆人民大礼堂建成于1951年,在那时称得上是一座伟大的仿古建筑,圆顶大盖,雕梁画栋,气势恢宏。但它是用来开会的,不是用来听音乐的;是用来鼓舞精神的,不是用来抚慰心灵的。大厅内未作专门的音响设计和布置。重庆的音乐场馆已经有了几座,还待增多。

再来谈音乐会本身。作曲兼指挥兼钢琴独奏的久石让先生是位大师。从资料看,他的作品之多我们国内罕有比肩者。听他的音乐,没多久我就有了一个强烈的印象:这音乐不是西方的,也不是中华的,真是原汁原味日本的!风格独特,简约、细腻、轻快、空灵。没有进行曲的雄壮,没有草原牧歌的悠扬,异国他乡的曲风诱使我灵魂出窍,飘逸到东瀛。一幅幅画,一声声歌,日本乡间的人群细语,舂米捣衣,轻歌曼舞,甚至听到了妇女们脚踏木屐清脆的脚步声。配器与作曲融合得出神入化,弦乐多,管乐少,打击乐少,烘托轻,创造柔。最出色的独奏是双簧管的百灵鸟般脆生生,和大提琴小溪流似的声淙淙。这是不折不扣的日本音乐,这是独一无二的久石让大师。

据说,后半场的演奏,全是久石让先生配合宫崎骏电影的配乐曲、电影音乐。卡通般的曲调切入了久石让先生的钢琴独奏,活泼顽皮。有一两曲甚至撤走了全体管乐和打击乐,只有钢琴的轻灵和提琴的曼妙。久石让先生,长相卡通,指挥时肢体语言生动有趣,令人敬佩之外平添几分可爱。但,前半场才是久石让独立的个性的作品,纯纯正正的久石让风格:简约、细腻、轻快、空灵。

稍感不足的是久石让先生在指挥台和钢琴凳之间移来移去，涣散了听众的专注。还有，他不该让五千位听众等他，迟到了整整十分钟。驰名中外的上海交响乐团的演奏者们，有的在乐曲间歇交谈，有的竟在乐曲进行中交头接耳。严肃的台风何存？

音乐多姿多彩，指挥久石让随韵律动，推波助澜，生动仙景；生活时起时伏，众生我辈迎风起舞，顺势而为美化生活。

2018 年 9 月 13 日

芭 蕉 飕 飕

挡不住的美　　压不倒的情

——少年初听《小河淌水》

1954年一个春夜,我们重庆一中放露天电影。一部故事片,片名已忘。还加一部纪录片《友谊花朵处处开——记中国人民解放军总政歌舞团访问捷克斯洛伐克》。纪录片的最后一个节目是大合唱《小河淌水》。

合唱一开始电影画面就离开了舞台。夜,银色的月光,绿草如茵的山坡,小河向山下奔流,一群穿着军服的青年男女,散坐在山坡上、小河旁。

　　领唱:月亮出来亮汪汪亮汪汪,
　　想起我的阿哥在深山
　　……

我像被电击一样惊呆了，歌声美如仙乐啊！中国人，或者说西南部中国人娘胎中带来的婉转的羽调民歌（类似于西洋的小调），那么熟悉，那么亲切！再加上美的风景、美的音乐、美的歌唱、美的演员。我情飞神往了。

那些年，我们的音乐多是雄壮激越的，歌唱的多是革命、领袖、太阳，因为出访欧洲国家，才敢把爱情歌曲选来压轴。突然听到这么悠扬婉转的、月亮汪汪的、哥呀妹呀的。真把我从红彤彤太阳高照的世界里，投入到绿茵茵、水悠悠的月下花前。少年心中萌动的美的渴望，蹦了出来。禁不住心旌摇曳，身体晃动，手儿轻舞。

哥像月亮天上走，
山下小河淌水清悠悠。

曲儿甜，词儿美。感情真挚、内在、含蓄，是青年男女心中的歌。曲调舒展、悠扬、婉转，是民间百姓流行的调。16岁少年的我解放后一直没听过这么美、这般情的歌。电影散场了，我一个人还呆呆地留在操场里。

第二天，我立即去校图书馆借歌本《革命歌曲大家唱》，没找着这首歌。晚饭后，立即奔赴沙坪坝新华书店，终于找到了《小河淌水》。我把它抄了下来。

几十年风雨生涯，只要天上有月，我就会哼"月亮出来亮汪汪"。只要触景，我就会吟"你可听见阿妹叫阿哥"。

美，挡不住；情，压不倒。幸运啊，在我青春年少时就听

芭蕉飕飕

到了《小河淌水》。

2017 年 5 月 17 日

后记：

当时总政文化部首任部长是陈沂，1955 年授衔少将。出国访问的压轴戏居然是情歌《小河淌水》，是不是他 1957 年被打成右派的一个原因？

挡不住的美　　压不倒的情

说说传统音乐

——电影《百鸟朝凤》观后

吴天明先生的遗作《百鸟朝凤》近日上演了。怀着对吴导的崇敬和对民间音乐的喜爱，我买票进了电影院。

电影讲的是一个民间唢呐班衰落的故事，有情有义，好看，唢呐也好听。到最后唢呐班散了，新班主在新坟头前拜祭他的师傅。梦幻中，那悲愤离世的一代唢呐大师焦师傅孤零零地渐行渐远。

影片中描述的在一个寿筵上，唢呐班和一个小型（西洋）铜管乐队较上了劲。唢呐班的《南山松》不及小铜管乐队的《拉德斯基进行曲》那样吸引听众。在快结尾的一场葬礼上，吊足了观众胃口的唢呐曲《百鸟朝凤》，终于被迫吹响。不知为什么电影并未展现该唢呐曲的全貌，该曲内有多种鸟鸣声也并未随乐曲奏响。这个曲子是好但并没有好到可以拯救唢呐班。吹奏中唢呐大师焦师傅口吐鲜血，象征《百鸟朝凤》的命运危急。

最后，唢呐班受邀演奏日少，报酬也随之降低，日子过不下去了，只好丢下唢呐进城打工。《百鸟朝凤》让人看到了坚守，却看不到希望。难道电影在警示我们，千百年传承的唢呐将要消失？我们巴蜀的川剧以及多种传统地方戏曲和我们的传统音乐也难以传承了？

眼下，还有多少人买票去看川戏、曲艺、民乐演奏？传统音乐的碟子卖得好吗？青少年时代，我很喜欢川剧。当时月收入仅十几元，五角钱一场的昂贵川戏票，我节衣缩食都要去看。而今有二十多年没看川戏了，却时不时要去听音乐会、看芭蕾舞。为什么？因为后者更吸引我。我们企业为我市振兴川剧有过三次捐赠，好希望川戏再度火起来。

各种艺术形式中，音乐最容易在异族之间传播。因为人类不分种族，有共同的感情表达和接受方式，传递和接受异域音乐无须翻译。比如，帕瓦罗蒂唱的《妈妈》。即使有些音乐复杂了些，人们也可以对音乐选择性地收听和自行解读。所以西洋音乐比西洋的其他艺术更易传入中国。我们的传统音乐缺乏系统理论，甚至记谱的方法都不及西乐。我们在和声、对位、配器上的研究和实践也显薄弱。更严重的是，我们中小学的音乐课设置和社会音乐事业发展的导向也无助于传统音乐的继承和发展。"文化旗手"江青1964年搞音乐的"革命化、大众化、民族化"，各个文艺团体全部砍掉西洋音乐甚至西洋乐器，强迫从业西洋乐器的乐手改学改操民族乐器，用极端的方式打击西洋音乐。（那时商店里的钢琴一折销售，两千多元的钢琴只卖两百多元。）两三年后，她却走向另一个极端，在大搞样板戏时，京戏伴奏也引进庞大的西洋乐队。她还大推钢琴伴唱《红灯记》、钢琴协奏曲《黄河》、交响乐《沙家浜》，走上扬西抑中的另一个极端。

改革开放以来，我们的传统音乐创新不力，赶不上广大群众日益变化的审美倾向和音乐欣赏的需求。加之港、澳、台和西方音乐的潮涌、电声的普及、卡拉OK无处不在。传统音乐包括电影中的唢呐班，现状和未来都令人堪忧，令人叹息。

但是，中国传统音乐能传承千百年，一定有它合理之处，一定有真、有善、有美。传统中国音乐对音色特别讲究。比如中国戏曲，"生旦净丑是各有其（专属的）音色。旦角圆润甜美，小生或阴柔或清越，老生苍朴，净角须声如洪钟……观众可以听声辨角"。①而西方歌剧，无论什么角色什么际遇，歌唱者就没有这些音色的变化。中国的传统乐器也多有特色。"胡琴悲凄的常民讴歌，与（古）琴的文人淡远、琵琶的江湖刚直、笛的风流悠扬、筝的女性温婉，共同构成了中国音乐的丰富世界。"②非常好听的传统乐曲数不胜数，如《二泉映月》《月儿高》《江河水》《病中吟》《光明行》《十面埋伏》《高山流水》《雨打芭蕉》等。

世界大同、天下为公是人类的梦想，我想，音乐会带头走向"同"和"公"。我们提倡传承传统音乐的同时，一定要乐见中西音乐的交融。国歌《义勇军进行曲》是中西融合的典范。建国六十多年来，我国的音乐家也创作了众多的中西融合的乐曲、歌曲以及旧曲新唱。我对音乐包括中国传统音乐的前景谨慎地乐观。

芭 蕉 飕 飕

西风东渐，西乐中演已成潮流。传统音乐应当守住疆土并演奏到国外。可喜的是国外大型交响乐团也在演奏我们的《牧童短笛》《春节序曲》《梁祝》等。会有那么一天，标准的交响乐团也会配置有中国乐器。传承也好，融合也罢，最要紧的是弄清广大群众音乐需要的变化而努力创新。传统音乐到了最危险的时候，音乐人啊，你们得创新！创新！创新！

2016年5月9日初稿，2019年2月26日修改稿

注：
①②两段引文引自林谷芳著《谛观有情——中国音乐里的人文世界》，线装书局出版。

呼唤圆舞曲

——从肖氏的《第二圆舞曲》谈起

一个长于音乐的朋友传来了六个不同版本的肖斯塔科维奇的《第二圆舞曲》。有大型舞会上伴奏的、有配上芭蕾舞的、有音乐会上演奏的、有钢琴的、有小提琴的。那种万民同舞、万民同唱、万民同乐的欢腾场面，足见它的旋律、配器和演奏都是人间美物。因之，这首曲子被誉为"华尔兹之父"（waltz 直译是"华尔兹"，意译是"圆舞曲"）。

新中国音乐历史上有两座高峰，一是"文革"前的十七年，另一是改革开放这四十年。我突然想到，相当繁荣的音乐创作中，我国的优秀圆舞曲及圆舞曲式的歌曲实在是屈指可数。传唱较多的也就是《青年友谊圆舞曲》《我爱祖国的蓝天》《芦笙恋歌》那么几首。

那十七年中，从上到下，交谊舞较为流行，比民国时期更广泛、更普及。1952 年 11 月 7 日是苏联十月革命 35 周年大庆

芭 蕉 飕 飕

日。中苏友好月中我们重庆一中的每间教室都经常跳交谊舞，广播站的喇叭接入了每间教室。那年我14岁，从未跳过交谊舞。一个性格开朗的钟姓同班女生，强行教我跳会了最简单的四步、三步。四步是踩着音乐节拍走步，算不算舞取决于舞者是舞还是走，或者说取决于舞者的乐感或韵律。三步华尔兹可是真正的舞，节奏上它有强弱弱的变化，走起来不像下操那样平衡。圆舞曲逼着你摇摆，逼着你起舞，而且是转圈圈的圆舞。那时我是个七分调皮三分腼腆的少年，羞于公开承认我喜欢跳舞，但内心深处也深以为好，深以为美，三步的圆舞步又好过其他。长大后才知道，凡喜欢交谊舞的，大都喜欢圆舞曲。

可为什么圆舞曲的乐曲、歌曲在我国却流行不起来？我问自己。

说远一点，我们汉族文化讲究平衡：动静、张弛、阴阳、表里、虚实、寒热……还有那千古传承的太极图，一切都是对称的、二元的、稳定的。圆舞曲节奏上是强弱弱，嘭嚓嚓，摇摇晃晃，扭扭摆摆，这种三元文化会被斥为不规矩。汉族人拘谨，不善歌舞，如果有那么一点喜欢，也多是平衡的稳重的二拍子、四拍子、八拍子；很难喜欢摇摆的晃动的三拍子、六拍子的圆舞曲。

说近一点，建国以来文化的主流是革命，是跃进，是大干快上，是昂首阔步，是一日千里，是一天等于二十年。这就注定了音乐是以进行曲为主。比如歌词：

    我们走在大路上，

意气风发斗志昂扬。

这样的歌曲内容天生就是首进行曲。

回到现实。当下中国一浪高过一浪的是广场舞，它已经普及到我国的大江南北、长城内外、城市乡镇，人数上亿。我见过广场舞无数次了，大多是操练式的、行进式的，几乎没见过在广场上跳圆舞曲的！如果广场上流行起华尔兹，比起当下的舞姿不知美了几许！

我们呼唤圆舞曲。奏也吧，唱也罢，跳也罢，让亿万群众的广场舞更美些！让大家的生活多彩些！让我们随着圆舞曲舞翩翩，心漾漾。

2018年10月5日

后记：

苏联是个奇怪的国家。它有太多的问题，但文学艺术却颇为繁荣，所以出了肖斯塔科维奇这样伟大的音乐家。当联合国成立时，大家希望有一首会歌，四海遍寻乐曲，最后选上了肖氏的《迎向生活之歌》。

芭蕉飕飕

情歌有九条命

小时候,情窦未开之时我就很喜欢情歌。比如《少年的我》又好听又贴近我年少的心境:

春天的花是多么的香,
秋天的月是多么的亮。
少年的我是多么的快乐,
美丽的她不知怎么样。

我也会在大街上停下脚步听听打花鼓的唱《十想郎》,觉得好好笑、好逗乐。

一想我爹娘,
爹娘没主张。
女儿长了这么大,
怎不办嫁妆?

民国时期，我生活不到12年。我也为一些雄壮的抗战歌曲《我们在太行山上》《救国军歌》（郎毓秀唱）激动过。特别在国土沦丧的时刻，这些歌曲鼓舞了我小小少年的杀敌勇气。可惜，大街上播放的，我听得最多的还是周璇、姚莉等唱的情歌。

少年时，时逢抗美援朝、建设新中国的革命高潮时期，歌曲基调都是高亢激昂，召唤人们去战斗。情歌在那个年代不受待见。学校音乐课不教情歌。全社会音乐传播的主要媒介是各种广播站，都基本不播情歌。那时情歌只有两个小天地，一个是民歌，如《绣荷包》；另一个是电影插曲。1952年上映的《草原上的人们》中的插《敖包相会》，甜蜜地唱着姑娘呀情哥呀，触动着外表坚硬的建设者们心底的温柔。1955年电影《神秘的旅伴》和1958年的《柳堡的故事》上映，唱起了"相爱的人儿"和"十八岁的哥哥"。前者披上了少数民族服装，后者穿上了军装，算是化了妆的情歌。那些歌虽然没放纵情感，却也点燃了人们心中的那把火。1957年百花齐放，解禁了三四十年代的电影《马路天使》《夜半歌声》等。于是，到处都听得见"小妹妹唱歌郎奏琴"。反右狂飙掀起，情歌又几近消失。五六十年代人们心中喜欢情歌的本能无处发泄，幸而有苏联歌曲。凭借苏联老大哥的庇佑放行了《红莓花儿开》《小路》《喀秋莎》《莫斯科郊外的晚上》等。人们心中的浓情蜜意凭借苏联情歌而得以抒发。这也是当下中国老人们眷恋苏联歌曲的缘由。

"大跃进"及三年自然灾害以后，全社会调整放松，"劳逸结合"成了政府的大任。情影、情歌如洪水泛滥似的爆发，《刘三姐》《冰山上的来客》《芦笙恋歌》等影片的插曲都是情歌里的上品，占据了广播站和舞台。六十年代中期，"文化大革命"爆发，横扫一切牛鬼蛇神。造反歌、语录歌横空出世，情歌又被打倒在地，踏上一只脚。

改革开放后，首先是一大群落实政策的歌唱家重新走上舞台，演唱了许多经典的情歌，如张权唱《梅娘曲》。接着邓丽君掀起了翻江倒海的情歌潮。以四大天王领军的港台情歌无处不在，深入到大街小巷、田间地头。敝公司曾组织过一场刘德华的商业演唱会，卖了三万多张票，涌进六万多观众（把重庆奥体中心的大门挤爆了一扇），场外还有三万多人寻找机会往里挤。担心这狂热的十万观众发生踩踏事故，市委 H 书记亲自过问，Z 副市长兼公安局长赶赴现场指挥，急调三千警员到现场维持秩序。情歌有明星煽情作浪就有那么狂。

人民群众追求美好生活的当下，情歌繁花似锦，不乏警句精品。如"爱上你不问苦海多深"（潇彬词）、"相思的疼痛那是真正的温柔"（沙宝亮词），都经得起咀嚼。

八十年人生我见证了情歌的几起几落，它真有打不死的九条命。从有文字记载的"关关雎鸠"起，国人唱了几千年的情歌，用九条命这个词也不足以描述情歌生命力的强大。情歌哪来这么大的生命力？仅就一己之感受让我来说说情歌有九条命的几条理由。

情歌甜蜜，没法割舍。人生苦事常八九，情歌却是生活中稀罕的甜蜜。纵然是哀婉的情歌，如《雪落下的声音》，令我泪如泉涌。但泪尽之后便是安慰、安宁、安详。情歌是任何年龄段的人都割舍不掉的需要。

情歌是情,是人间的纽带,牵情系缘,寄托相思。电视剧《血色浪漫》中,在陕北插队的男女主角(刘烨、王力可饰),隔着深深的沟壑,靠浪漫的信天游系到了一起。

> 井里面搅水桶桶里倒,
> 妹妹那心事哥哥知道。
> 墙头上跑马还嫌低,
> 面对面站着还想你。

笔者亡故的前妻,就是听了我唱《五哥放羊》,才向我跨出了第一步。

情歌是生活的精华。伟人也好,凡人也罢,生命的多半成分都是油盐柴米、吃喝拉撒之类的琐事,和这些琐事的无穷无尽的重复。而情歌是那样的精彩,犹如生活沙海中闪光的金粒。

我想,无论人类发展到什么模样,基因变化了或生活智能化了,都会听得见悠悠情歌,情歌悠悠。

2018 年 10 月 5 日

芭蕉飕飕

走好，钢琴女神！

——音乐家和音乐之浮沉

喜欢一个人，无缘无故也许有点缘由。一如我天生喜欢钢琴，但也曾被点化过。

我在川东一个乡场上出生长大。民国时期小学的音乐课好棒，七十年后心中还留着些动听的旋律。但是，小学校只有风琴，那时我还不知道世上有钢琴这种神器。中学念重庆一中，音乐课有钢琴了。老师挺好，但她的强项是声乐，钢琴只作教唱歌曲的伴奏，没有展现出它的魅力。

五十年代，住大城市，读一流中学，音乐环境平平。我们中学生的音乐源泉除了音乐课就是广播站。广播播放的音乐大部分是革命歌曲和些许民歌、苏联歌曲。器乐曲少，三大进行曲《解放军进行曲》《骑兵进行曲》和《新民主主义进行曲》反复播放。时有《彩云追月》这样的民乐穿插，几乎没有钢琴曲、交响乐之类。

1955年我进了高中，班上来了四位归国华侨学生，他们比我年长五六岁。大约在冬季，他们约我去听中央乐团小分队来渝举办的小型音乐会。那夜，是我初进音乐"大观园"。

竖子十七，尚未身入音乐殿堂，愧莫大焉。那一晚，我震撼了，着迷了。音乐家一共只有六人，我最喜欢的是钢琴演奏家巫漪丽。四个歌唱家的演唱都要由她伴奏，她自己还有两个独奏节目。第六位是木琴演奏家方国庆。

她演奏的是肖邦和李斯特的作品。仙乐渺渺我听不懂，仙乐飘飘又深深地吸引了我。钢琴的表现力和军乐队、民乐队不同。怎么说呢？更有诗情画意？初听者的我说不清楚。但它叩开了我的心扉，又领我灵魂出窍。琴声中有行云流水，有百花盛开，有欢乐歌舞，也有月下独吟。那时，她才25岁（进中央乐团一年，近年从网上得知的），青春靓丽。端庄的坐姿，娴熟的挥手，深情的神态，俨然是演奏仙乐的女神。琴声把我引入了一个新仙境。

从此我多了一个世界，在钢琴声中徜徉多年。我尽一切努力去品味、去享受。在我月薪三十元五角时，买了一台折扣价二百三十元的处理钢琴。为伊憔悴，八分钱半斤的榨菜皮（咸菜）是我一周的下饭菜。

六十年代，漪丽大师等又来重庆开过小型音乐会，我记得多了位小提琴独奏家杨秉荪，我又去聆听。近年才从网上得知，秉荪先生和漪丽小姐琴瑟和鸣，才子佳人终成眷属。"文革"中秉荪先生获刑十年，从此天各一方，漪丽女士伴琴终身。

"文革"开始，除了造反歌华夏大地已无音乐。几年后八个样板戏陆续出台，钢琴伴唱《红灯记》和钢琴协奏曲《黄河》把钢琴世界的门又稍稍打开一条门缝，尽管门朝东方，尽管只允许红光，排斥异彩，尽管只倡导坚毅而不容温柔。可是，只见殷承宗，未闻巫漪丽。改革开放，也是音乐的改革，音乐的开放。流行音乐会、高雅音乐会已随处可听。新一代的钢琴家郎朗、李云迪辈横空出世，但我心中，巫漪丽才是钢琴先驱。曾经沧海难为水，除却巫山不是云。

近年，网上流传漪丽大师自弹自编的《梁祝》钢琴版的视频。她已银发苍苍，但琴声中的山伯和英台仍旧青春飞扬，兄情妹意。她的手已枯若干柴，但指尖流出的旋律依然悠扬婉转，柔情似水。我把手机端端正正地靠在桌上，恭恭敬敬对她一鞠躬：久违了，钢琴女神！

钢琴给无数人难以言表的快慰。我想，撒播音乐的女神自身也定会有普度众生的欣喜。她连离去也几无痛苦，昨天一跤而升天堂，犹如她弹琴曲终的戛然而止，瞬间的停顿后就是听众热烈的掌声和欢呼。

走好，钢琴女神！

走好，漪丽先生！

2019 年 4 月 21 日

三、旧重庆往事

伟人卢作孚的民间传奇

——旧重庆往事之一

先贤作孚先生的纪念文章、研究材料恐怕已超千万字。我写一千多字的短文来纪念真是挂一漏万,大大不敬。他可是我们重庆的千古伟人!

抗日战争中,他亲临前线,冒着轰炸,指挥民生公司船队从宜昌抢运中国仅存的军火工业设备到大后方的重庆,牺牲了自己的部分船舶,运回了国家的军火血脉,堪称丰功伟绩!这些多有记载(他的功劳远不止此)。这里我只把民间关于他的口头传闻记叙一二,看看他在乡梓心中是什么形象。

作孚先生是怎么打开市场的?他组建的民生公司第一艘客运船是"民生"号小火轮,跑重庆合川来回。那时,民风不够开化,懵懂的百姓传说,我们凡人跌落在水中都要下沉,那铁砣砣的"民生"号能够不沉?于是乘者寥寥。作孚先生决定,乘船者免费赠送洋瓷盆子、洋毛巾、洋碱、洋伞等物。世上总有那么些能浮水的"天棒"①，稀奇的洋货叫他们心痒。他们大起胆子来坐船，常言道，人为财死嘛。结果出人意料，比以往的木船平稳快速，不知舒适到哪去了！拿人手短，那么多洋货弄得他们不好意思，便添油加醋地宣传，坐民生公司的轮船好安逸、好划算。天棒们的口口相传比啥都灵！

作孚先生是怎样战胜竞争对手的？民国时期，无论什么领域，第一是帝国主义资本的天下，第二是官僚资本的天下，民营资本只能吃点残羹剩饭，唯独川江的民营的民生公司一枝独秀。民生公司居然收购了一家英资公司和一家美资公司，战胜了法国的三北公司，打败官僚资本的招商局。我有个叫沈仁信的同学告诉我，他的父亲民国时期就是民生公司的员工兼股东（大量员工均持股）。他给儿子讲述过作孚先生所向无敌的一个高招，高超的资本积累术。

沈老伯说，每年春节前股东大会，一定美酒佳肴。在酒酣耳热之际，卢总才开始做年度工作报告。虽说上年（公历）赚了不少钱，但日机轰炸、强敌竞争、苛捐杂税、通货膨胀、地痞捣乱……讲到民生公司经营的种种困难，每次都泣不成声，难以卒报。每当此时，总有德高望重的资深股东站出来插话："卢总经理勤劳智慧，给国家立了功，给我们股东赚了钱，我们总不能让他一个人去孤军奋战吧？这样吧，去年的利润我就不分走了，留给公司作为再发展的资本，也算我这个股东对总经理的一份支持、一份感激。我这一杯干了，算我投一票！各位股东赞不赞成去年的红利你们也不分？"

"赞成！我也把这杯干了！""干了！""干了！"多数人

芭 蕉 飕 飕

打心眼里赞成,少数打算分点红走的股东也只好随大流。好在留下钱还可继续生钱,卢老大,他生财有道,靠得住,信得过。这酒不干对不起他了。于是,公司年年丰厚的利润都不分,转为资本公积金,实力大增,发展迅猛。沈老伯对他儿子说:"卢先生的江山也是哭出来的。"

说到江山,你可能不晓得。民生公司的客轮,以"民"字领衔:民生、民族、民权、民文、民武……民生公司的拖轮以"生"字打头:生平、生存、生机……民生公司的登陆艇以"江"字打底:岷江、沱江、渠江……民生公司的川江短途客轮,以"山"字殿尾:营山、眉山、秀山、彭山……四类船,民、生、江、山,何等气概!作孚先生胸中有雄兵百万。

毛泽东说,中国实业界有四个人不能忘记。他们是搞重工业的张之洞,搞化学工业的范旭东,搞交通运输的卢作孚和搞纺织工业的张謇。这话才是一句顶一万句。

1952年公司经营艰难,"五反"运动中突遭揭发,作孚先生走了。他身为民生公司创始人、总经理,没有一股股票,连办公桌、床、椅都是公司的,他只领了一份工资。

君问:何谓传奇?

余回:亦真亦幻难取舍。

2019年2月27日

注:

①方言,胆大的二杆子。

过河船

——旧重庆往事之二

隔山容易隔水难。长江、嘉陵江繁荣了重庆，也阻碍了城市儿女的出行。

重庆人好盼望有座桥！民国末任市长杨森，煞有介事地在报上掀起了修建两江大桥的讨论。我见到我哥把报纸一扔，不屑地骂了一声"骗人！"那时候，两江无一桥，人们渡江过河，只有靠船，过河船。

1947年春天的一个早晨，我二哥带着我从老家来到重庆。我们乘坐的"民昌"号小火轮在千厮门停靠。下船后我哥带我去朝天门沙嘴，我们打算在那里搭过河船去南岸弹子石。我哥在弹子石文德女中（今十一中）教书。

千厮门、朝天门河边密密麻麻停靠着许多木船。大的、小的，有篷的、无篷的，有桅杆的、无桅杆的，过河船、米船、菜船、粪船，成百上千，煞是壮观！我们沿河步行了十来分钟，快到朝天门时就听见了一声声吆喝，喊起来长声吆吆，有滋有味。

"朝天门过河，弹子石，野苗溪——"

"蓼叶壳，走起！"（蓼叶壳，遮雨斗笠之一种，这里指头戴蓼叶壳的人。）

"走起——，上船就开头！"

一排过河船井然有序地停靠着，谁先上客也井然有序，大家遵守着某种规矩不争不抢。每条过河船大小相仿，长约一丈五，宽约四五尺。乘客沿着船两边面对面坐成两排，最多二十来人。两排中间供放挑子、箩筐、背篼。船工两名，一前一后。前头的浅水篙竿撑船，深水挠片（桨）划船；后面的掌艄（舵之一种）执桨。过河船都无篷，遇上落雨，乘客只能自带雨具。

在乡下时去过四舅家多次，每次得坐过河船，我习惯了，不胆怯。轮船一过，掀起江浪，船身起伏颠簸，我下意识两手抓住左右两个大人，一旁是我哥，另一旁是个陌生的模样姣好的青年女子。

"小弟弟，莫怕！"那位女子笑着安慰我。

"我不怕。"真不好意思，我立刻松开了手。"我会浮水。要是你掉进河里了，我还可以救你。"不知道为什么在她面前我这样勇敢、这样唐突。

想起了湖北民歌《龙船调》，"妹儿要过河，哪个来推我？"船工生活偶尔会有那么点乐趣，但更多的是和风浪搏斗，家常便饭的是路遇轮船掀起的江浪。每遇船浪，过河船必须以船头或船尾垂直迎向江浪，任其前翘后坠地波动，船不会打翻。如果以船侧面平行碰向江浪，船就容易翻扣。逐浪儿船工在风浪中讨生活，风浪成了他们的伙伴。经常乘船渡江的重庆大众，也习惯了在风浪中过河，胆子吓大了，处之泰然，不管老少男女。

乘轮船渡江当然更加快捷。但当时轮渡只有三条航线：朝天门⇌弹子石，望龙门⇌龙门浩，储奇门⇌海棠溪。轮船不多，常需等候，不像过河船随到随走。还有，过河船的收费只有轮渡的一半。

还有不收钱的过河船呢，叫义渡，是善男信女们捐赠的。嘉陵江刘家台就有一处。1953年春，那义渡把我们弄得哭笑不得，不呵（哄）你。那是个星期天，同班好友温其安、张道惕和我三人去逛汉渝路江北段。三个崽儿都是好吃狗，在观音桥街边摊吃花生糖，把可怜巴沙的几个零花钱差点吃光了。回学校要坐过河船，我们不虚①，刘家台有义渡。到了江边，义渡下午五点收渡了，才收了十分钟，安逸了！所有衣兜都搜交（遍）了，还差一点点。一张半截钞票救了我们，赶到银行换了它面值之半，才勉强凑足过河费。好喜剧！

说到安全，难以评说。过河船大约在五十年代才逐渐被轮渡取代。在它消失之前，我没听说重庆的过河船被打翻过。倒是在1961年，朝天门的一班轮渡在行进中沉入了江里，驾乘人员一百多人，绝大多数遇难。（传说有一乘客像赶命一样狂奔而来，船已开了，欲强行跳上船去。被一安全执勤人员强行拉住。那乘客认为坏了他的急事，怒不可遏，恶言相骂。两人由对骂

芭 蕉 飕 飕

而抓扯，进而拳脚相向。架还没打完，突见那轮渡渐沉江中。那乘客由愤怒而惊愕而庆幸："哥子，你今天救了我一命！"从此二人交往莫逆。）真是：

  重庆千年船过河，
  多少酸甜苦辣事。

眼下，主城区已建成跨江大桥二十来座。正是：

  一桥飞架南北，
  天堑变通途。

别了，过河船！

2018 年 10 月 26 日

注：
① 方言，不害怕。

门神

——旧重庆往事之三

"左边门神秦叔宝,右边门神尉迟恭。"本文说的不是风俗流传的这两位尊神,而是左边门神川盐银行大楼(今重庆饭店)、右边门神美丰银行大楼,这两尊旧重庆城的门神。它俩在渝中区新华路两旁对望,高高大大,威风凛凛,保境安民。

一、高不见顶

我上重庆城前,父母长辈多次给我讲过重庆城的川盐银行和美丰银行高耸入云,望不见顶。抬头仰望,帽儿都要仰落。

1947年春,我随二哥来到了重庆。头天住二哥教书的南岸弹子石文德女中,第二天我哥就带我进城。弹子石轮渡进城船靠千厮门码头。爬上坡到达的第一条马路就是新华路。

"你不是想看川盐银行吗?就在马路斜对面,你看!"我二哥对我说。我不顾一切横穿马路跑向我梦想的大楼，幸好那时车辆很少。啊，好高！我抬头望不见顶，下意识地摸摸头，看帽子是不是仰掉了。退后一丈多远，才勉强看到了它的顶部，真有刺破青天的感觉！

美丰银行建于 1935 年，高七层，创当时重庆建筑的最高纪录。晚建一年的川盐银行，本来也七层，为了超过美丰银行，加了两层"宝顶"，创新高。重庆房屋的最高纪录由他们保持了二十多年。

二、坚不可摧

我被大楼底层的外墙吸引，走近抚摸它。光滑坚硬，黑油油，亮锃锃的，照得起人。我哥告诉我，川盐、美丰两幢大楼都是钢骨水泥（时称）建筑。川盐底部一二层是黑色大理石外墙，三层及以上外墙呈黄褐色，对面的美丰银行则通体全黑。

"你退后看，就能看出这幢大楼有多威风。"我二哥说。我便向后退了两丈多。但见大楼墙体表面有密密麻麻的白色小坑。小坑面积比拳头略大，深约半寸，坑口缺缺昂昂（"昂"念一声，重庆土语）的。我二哥说："那是日本飞机的机关炮扫射的，但是打不透大楼钢骨水泥墙。重庆大轰炸举世闻名，连续七八年，白昼狂轰，夜晚滥炸，整个重庆城被炸得稀巴烂，找不到一条完整的街道。日本飞机多次轰炸过川盐、美丰两幢大楼，墙也轰不透，楼也炸不垮。只有川盐大楼顶部的'宝顶'被炸塌了一小块。真是坚不可摧，何等威风！"

门神

三、保境安民

抗日战争中日本侵略者的飞机轰炸过重庆218次，出动过9000多架次飞机。川盐、美丰两幢大楼的地下室，是全市最安全的防空洞之一。它们保护了自己的员工免遭轰炸，还庇护了许多附近的居民。

1949年9月2日，重庆遭受了空前规模的大火灾，史称"九二火灾"。那时我在南岸四公里读书，当天下午四五点钟便看见市中区上空浓烟滚滚，那阵仗吓坏了老师、学生。大火一直烧到深夜，入夜后城里上空还见火花闪闪。第二天我进城去看究竟。但见朝天门、千厮门、陕西街一带几乎被烧光了，据说一共烧掉了39条街。走到川盐、美丰两幢银行大楼面前，我惊呆了！从两幢大楼向朝天门、千厮门方向下行，几乎被烧成一片瓦砾，到处是焦糊味，许多地方还余烟缭绕。当年炸不垮的两幢大楼，纹丝不动地屹立在火砾堆边。沿两大楼向上行的房屋街道也全都安然无恙。是两大楼阻挡了大火向上蔓延，保住了成千上万间房屋，佑护了数以万计的重庆居民，免受大火的肆虐！

小时候，长辈嘱咐我，土地菩萨可以保佑小娃娃肚皮不痛，我便随时向土地公公、土地婆婆作揖打躬。重庆何其幸，川盐和美丰。在少年我的心中，这两幢楼是神一样的存在。

敬礼，川盐银行大楼！

敬礼，美丰银行大楼！

2018年10月30日

芭蕉飕飕

九根毛

——旧重庆往事之四

两江交汇的重庆城,上天造就的水码头。水码头,重庆人俗称水流沙坝,意指那是鱼龙混杂、三教九流出没的地方。水码头还被贬称为扯谎坝,意指那里有不少扯谎驾云[①]、蒙人骗人的勾当,如调包的、押"人人宝"的、卖假药的,等等。

既是鱼龙混杂,那里也不乏江湖真"龙",如正经卖艺的、耍把戏的、卖打药的,这些人中名气最大的要算九根毛了。在1948年,我听说了他,还有幸见到了他。(有部电视剧叫《九根毛》,说他是清朝唱川戏的,那是文艺创作的虚构。)

1948年的一个星期天,我去逛中央公园,它堪称当时重庆最大最好的公园(今渝中区人民公园)。但见一堆人围在一处看耍把戏(多为武术兼戏法),我便凑过去看热闹。但见一位五十光景的汉子,身着无袖的白布褂子,中等个,精瘦,头顶大部分头发剃光,只在后脑壳蓄有一条细若手指、长约三寸的小辫。他给四方观众一一拱手，不卑不亢地说："在下九根毛，难得大家前来捧场！有钱的请捧个钱场，没钱的请捧个人场！"啊，终于见到大名鼎鼎的九根毛了！我兴奋起来。

九根毛手拿几颗南瓜子，请大家看清。然后就放在场子中央的地上，盖上一捧泥巴，喷喷水。立起四根竹棍，围上一圈布，布围面积比一个方凳稍大，把那小堆泥巴围在中央，让人看不见布围里的究里。公园小平坝子上围观的有五六十人。随后他打了一套拳并开始卖打药。说什么"吃了在下的打药，不能包治百病，你的饿痨病我就医不好！"我心中只挂念那南瓜子结出瓜来没有，好泼烦[②]他趁机卖药啰里八嗦的。他看出我很烦躁，便转到我身边，亲热地把我的脑壳摸了一圈："小老弟，莫急！等哈儿（一会儿），有你好看的。"

中途，他叫一个女叫花子模样的人去看布围内的变化，并对她说："只许看，不许说！"那女叫花子看后居然丢下一张小钞，连连称赞："了不得！了不得！"也不知那个女叫花子是不是他的媒子（托儿）。本来九根毛在重庆码头名气就大，加上一个穷女叫花子也丢赏钱，围观的人激动起来，有的买药，有的向地上扔赏钱。

钱挣得并不太多时，他就停止卖药，继续耍他的把戏。九根毛口中念念有词："盯倒，盯倒，各人的眼巧！""唰"的一声撤去布围。那堆泥巴上长出一小簇青咕咕的南瓜叶，衬托着一个半尺直径的鲜嫩嫩的南瓜。观众大声叫好，掌声四起，九根毛抱拳面向四方："献丑了！献丑了！"他特地向我这个小老弟眨了眨眼，我为九根毛大哥使劲拍巴掌，手都拍痛了。

九根毛变南瓜比起当今的"大变活人"这类大魔术，技艺说不上特别高超。但那是七十年前没有光和电掩护表演,光坝坝献艺凭的是真本事,也没有舞台布置那么好取巧。他不贪财,收钱有度,只求衣食,娱人乐人。他形象干练,收拾得紧紧扎扎。他态度谦恭,语言清爽,不讲污言秽语。至于他的打药怎么样,我不清楚。但他的名气那么大,想必药也不会差。正是这一切奠定了他在旧重庆的江湖地位。

解放初期,我还在罗汉寺附近见过一次他耍把戏。九根毛大哥依然那样精瘦,依然是那身无袖白褂,依然小辫在头。他把一根直径约半寸的长绳盘在地上,并盖上一块旧白布。突然,旧布下面有个活物把布顶了起来。他用手把它按下说:"莽子③,莽子,莫忙!莫忙!"照旧,他卖完打药之后掀开了那块旧布。一条活蹦蹦的乌梢蛇昂着头,吐着它那分叉的舌信,左扭右摆地蜿转向前爬行。

前些时,我有事去到旧日的中央公园附近,信步入园,来到九根毛当年耍把戏的那块坝子。不见故人,甚至几乎不见游人。时人多被手机、电游、电视等封闭在屋里独乐乐。好怀念那些武术、把戏、说唱把大家吸引到公园、河坝,大众同乐!

九根毛大哥,当年的小老弟好想你!

2018 年 11 月 1 日

注:
①驾云,川东俗语,撒谎。
②方言,好讨厌。
③川人对呆子的昵称。

水烟

——旧重庆往事之五

从弹子石文德女中去轮渡码头,要路过一家水烟铺。我老家也有一家徐姓水烟铺,和这家几乎一模一样。我知道,水烟就是由这种有一两名雇工的家庭作坊生产的。

旧重庆人吸烟有三个品种:(西式)卷烟、水烟和叶子烟。卷烟洋气,叶子烟土帽,水烟不洋不土。

吸水烟常用水烟袋来吸。水烟袋的特殊结构,让水烟燃烧形成的烟雾经水过滤后才进入人的口中。烟雾经过了水的过滤,吸烟人认为烟的有害物质已被溶入水内,毒性已除或减了大半,便心安理得。水烟袋的水十天半月一换,烟水浓如油,黄如油。烟民们更相信毒已溶在水里。加之旧重庆生产、进口的卷烟都少,价格高过水烟,所以那时吸水烟的人很多。世界卫生组织宣布,吸水烟仍然有害健康。水过滤烟毒之说,只是烟民的自我安慰罢了。

水烟袋外形巧妙，结构紧凑，取材多样。最便宜的是竹子做的，豪华的有青铜、白铜做的，甚至有银子打造的。水烟袋的材质能反映主人家境的殷实程度。水烟袋外观多种多样。我国流行的水烟袋可以单手握在手中，吸烟管长约三四寸。阿拉伯和我国个别少数民族的水烟袋吸烟管有半米甚至一米多长。1994年我在广东一些公司也见过这种长管水烟袋，向客人敬烟就是把盘在地上的长长的烟管递给你，用纸或布擦一擦吸烟嘴。

在卷烟流行之前，水烟是中上人家的常用品，似乎可以说是乡绅商贾的最爱。吸水烟要轻轻装烟丝，噗噗吹纸捻，咕嘟咕嘟听水声，香烟缭绕飘飘然进入仙境，不少人享受的就是这个近乎美妙的过程。女主人坐在堂屋手捧水烟袋，娴静、淡然，是民国时期一幅典型的民俗风情画。而吸卷烟过程简单、方便、随意、潇洒。两相对比，水烟文化可说是从容优雅，卷烟文化却是自在悠闲。

水烟多半在室内抽吸，旧重庆的内室、客厅、店铺随处可见，有些绅贾化。我老家却能在大街上享用水烟，平民化了。赶场天，街上、茶房、酒肆里游走着一种水烟客，他们的职业是在大街上提供抽水烟服务。他们的烟袋又长又大，背在双肩，挂在胸前。两尺来长、指头大小的铜烟管弯弯地伸向前方。赶场的人需要吸烟便喊一声："水烟！"那位水烟客便走近把烟管递给客人。吸多少口烟，由客人自便。一个水烟客一个赶场天会为几十上百个客人提供服务，可我很少看见他收过客人的钱。

"水烟客真不收钱吗？"我问我大伯。

"不收钱他吃什么？"大伯回答我，"客人大都是熟人，过年过节或什么日子他们会给他钱,多少由人,但都不会亏待水烟客,水烟客也能养家糊口。"

"不认识的生人要抽他的水烟,水烟客会给吗?"

"任何人要抽他都会给。有的陌生客会当场给点小费,有的陌生客没给钱水烟客也不计较。"有人抽就递进嘴里,钱给多少随你。这是一种什么样的周到服务!这是一种什么样的民风民俗啊!

水烟给吸者以安抚,示他人以优雅,它存在合理。水烟终究敌不过卷烟,就像手工织的土布敌不过机器织的洋布一样,它消失也合理。

存在即合理,消失亦合理,来来去去,万物皆然。

2018年11月4日

后记:

21世纪水烟居然在西方流行起来。我想,大裤脚、小裤脚会循环流行,水烟也会打扮一番再度登台。

芭 蕉 飕 飕

比期

——旧重庆往事之六

"今天我请大家烫火锅。"

"好哇!那你就比起嘛!"

重庆俚语"比起",是叫人把钱掏出来付账,不要只是冲壳子(吹牛),光说不练。在旧重庆的商界,曾经把每个月的15号和月底两天,公定为付款日子叫"比期"。"比起"和"比期"有没有关联?

1948年我随我哥住在化龙桥。那时候化龙桥的人进城搭乘两种交通工具:马车和公共汽车。每逢比期,赶马车或公共汽车都特别拥挤。上午进城人挤,下午出城人多,而且这一天出行的大多是衣冠楚楚的商贾,好像这一天是全重庆城商人的什么节日似的。

工商界商定,比期是结算、付款或交割的日子。两个比期之间的日子发生的买卖,不必现款现货,可以全部或部分赊欠,到下一个比期日才付款。利率按行规或双方的约定。一般的借贷，也常约定在某个比期偿还。无疑，比期的实施必须以信用作保障。

比期的设置深受商人们的喜爱。只要你有信用，平时你可以少花本钱甚至不花本钱购进货物，到下个比期才付款。也就相当于你拿到了一笔十五天内的短期贷款。如果你出手快，在下个比期日之前卖掉了你的进货，到比期那天你向下家收款，向上家付钱，差价归你。你就做了一笔无本的生意。做生意嘛，赚的多赔的少。所以，到了比期这一天，重庆城的商贾们都忙于奔走访客、收款付钱，带来了交通繁忙、茶房酒肆热闹和娱乐场所兴旺。可见，比期的设置，不仅给商人行了方便，还有益于货物的流通、交易的增长和城市的繁荣。

用当下的语言，比期是一种金融的创新、一种支付的创新、一种把商人的信用转化为货币的商业模式。

为什么叫"比期"呢？词典云"比期乃古代官府催缴租税的限期"。我认为，倒不如说"比期是重庆人说的掏钱比起的日期"。据查，比期是抗战期间重庆商人广泛使用的一种金融结算方式。那时重庆可是全国的经济中心，四大印钞银行，中央、中国、交通、农民全集中在重庆。抗战胜利后比期被废除了。1947年、1948年在重庆又自动恢复了。在中国金融发展史上，旧重庆的比期留下了光辉的一页。我为我的家乡感到自豪！

可以想见，抗战国难时期及战后直到1948年，旧重庆商界前辈的信用是多么良好。我为他们骄傲！

2018年11月6日

芭 蕉 飕 飕

街卖和街唱

——旧重庆往事之七

1958年春,我们中学政治老师作时事报告说:"苏共一位领导人在上海停留,午夜时分还听见窗外传来小吃叫卖声,令他赞不绝口,因为在苏联已经绝迹了!"我那时不太晓世事,心里直犯嘀咕:"不就是我们重庆的炒米糖开水吗?有什么好稀奇的!"旧重庆沿街叫卖食品是一大街景,晚上有,白天也有。

深夜,重庆城叫得最多、最久还最好听的是:"炒米糖开水——藕粉啰——面——茶!"长声吆吆,高低起伏,那是我们重庆的都市摇篮曲。它伴奏着喧闹都市的宁静,抚慰着劳累市民的夜眠。小贩挑一小担,担子的一头小火炉烧着水壶,另一头有食品和食具。下雨天或寒风中,他们多半待在街角避风处等待顾客。他们的几样食品都只需沸水冲调,烹制简单,而且全都是容易消化的夜宵食品。那深夜服务令人回忆甜甜,那夜半街唱使人怀念悠悠。

在用西法生产水果糖未普及之前，川渝人闲时吃的糖品主要是麻糖（"麻"念一声）及麻糖制品。以苞谷为主料加麦芽做成饴糖（麦芽糖），川人叫玄糖，然后再做成食用的麻糖。麻糖又可加工成泡糖秆、芝麻秆、姜糖、波斯糖。由于原料苞谷便宜，加工工艺简单，麻糖价廉味美，成了川渝城乡小孩们的主要零食。沿街叫卖的麻糖匠并不"叫"，只敲他敲麻糖的工具——钻钻。钻钻铁制，寸多宽，半分厚，卷成弧形。用小榔头敲打钻钻，会发出特殊的响声："铛——！铛铛——！"那年头的小孩听到这铛铛声响，便奔向爹妈要钱，再奔向麻糖匠。

  麻糖匠，
  钻钻响，
  好吃麻糖嘴巴痒！

我们这一代小孩，是吃麻糖长大的。

在旧重庆，沿街叫卖的食品，大宗的还有担担面、绑绑糕、冲冲糕、熨斗糕、冰糕、白糖蒸馍、烧饼、豆腐脑……非食品那就多了去了，剃头的、补锅的、卖报的、卖针头线脑的、擦皮鞋的、收荒（废旧品）的……我搞不懂为什么还要叫卖在乡下不值一文的黄泥巴，原来城里人要糊煤灶找不到泥巴，就有了泥巴市场。

人类文明史已有几千年了，时至今日，我们也没完全弄懂大自然。比如，我们就不明白它为何那般不甘寂寞，在哪里都要弄出点动静，弄出点声响。撇开风雨雷电不说，在看似幽静

芭 蕉 飕 飕

的乡下，它要弄出田园交响乐；在都市，它也要奏响都市协奏曲，无论北地南国，无论旧时今朝。只是，今日重庆的街唱，也许生活节奏太快，叫卖声图快不图美，图效果不图过程，近乎干号，没有什么艺术含金量。比如："收电视机——！"污染清耳！可旧日重庆，生活节奏缓慢，街唱悠扬婉转，唱的是他的职业，唱的是他生活的自得，唱的是他对未来的向往，加之琢磨多日，节奏旋律都经过打磨，能招来顾客的喜爱，犹如川戏的胡琴或高腔，又仿佛川江船工号子。美哉！

锅吧找来补，

洗脸盆找来补，

烂锅儿拿来——补——！

草蚊烟，纸蚊烟，

小心火烛——！

月黑头，谨慎些，

谨防贼（念 zuí）娃子——！

2018 年 11 月 8 日

街卖和街唱

童子军

——旧重庆往事之八

民国时期少年儿童也有个群众性组织,叫童子军。童子军是一个全球性的组织,据说,当下全球有两亿多成员。它声称的宗旨是防止少年儿童精神萎靡,身体孱弱。其实,在民国时期它并不普及,只在部分小学和中学开展活动,尽管那时有何应钦、戴季陶这些大人物来领衔站台。

我小学念的涪陵新妙中心小学,童子军在我校有活动。1946年我念小学五年级,我们班来了个体育老师兼童军教官叫刘涛。他有两件事让我至今难忘。

有一回他筹备搞一次营火晚会。他说,围着营火必须载歌载舞。他亲自教我们唱营火晚会歌。歌词很简单,只有四句:

营火营火,
兴旺兴旺。

还要兴旺！

还要兴旺！

刘老师说，营火晚会一定要情绪高涨，会热闹非凡。此歌要四部轮唱，气氛才热烈。他很快就教会了我们轮唱。

我们这班小学生从未唱过轮唱，觉得好稀奇。轮唱时各部似乎在竞赛，会调动每个人不被其他声部所压倒的积极性。我们争先恐后唱得非常卖力，好像四面八方都在歌唱"营火""兴旺"。我感觉轮唱有种情绪在喷发、在燃烧，仿佛天地都在闪光、在回响。成人后我学了点音乐，才知道不是什么歌都可以轮唱的，一定要旋律本身经轮唱错位重叠后有良好的和声效果。那堂课我们唱疯了，下课铃响了我们还缠着刘老师又轮唱了三遍。记得那天我们居然唱得满头大汗，我们小男生随手用衣袖脸上一抹，而小女生们则掏出绣花手巾在额头上轻轻地一辗一辗。

第二件事是童军课刘老师教结绳，即绳子打结。什么接绳结、双套结、称人结、瓶口结等，我都学会了。没想到十二年后的1958年派上了用场。

我所在的工厂起重班要吊个约两吨重的大铁件。该件一端只有一圈不太深的凹槽，类似浅浅的瓶颈。起重班不知怎样绳系该件，生怕绳套不牢大件从空中砸下。起重班停了下来。车间主任也赶到现场组织讨论，依然没找到好方法。有人建议来找我，说我"有见识"。起重班班长把我请到大工件前，我一看便说，行。三两分钟我把粗麻绳挽了个瓶口结，套在那瓶颈凹槽处。瓶口结随吊绳拉紧，把瓶颈箍得更死，很安全。大件安

童子军

全起吊后，我没在乎身旁的人看我的热乎乎的目光，心里面只有老师刘涛！

  1948年我十岁便进了化龙桥的复旦中学。童子军活动有些印象。每套童军服配有两块铁质肩章。肩章黑底，银色克罗米字，两大字"复旦"和四小字"2665（？）"。穿起好神气！据说复旦中学的童子军在全国的番号是第2665团。（我记得，南开中学童子军肩章是黑呢子，上别克罗米金属字。）

  童军课教打旗语。两手各执一旗，靠两面旗的不同位置打出十四个组合，分别代表"招呼、开始、停止、收到、0、1、2、3、4、5、6、7、8、9"十四个意思。每四个数字组合代表一个汉字，用《电报号码本》查出该汉字。童军教官把我们班分成两组，各在一个山头，两山头相距约三百米。我记得第一组旗语由我们小组接收，共七个字："曹登山是登陆艇。"（曹登山是我们小组的一个同学。）教官宣布接收正确，我们欢呼雀跃，把旗子不停地抛上天空。

  1950年，我当过少先队大队长。我深知童子军活动远不如少先队那么丰富多彩，那么有意义。但有一个相同点：少年儿童最可塑造，活动能把他们塑造成才。

2018年11月10日

芭 蕉 飕 飕

马车

——旧重庆往事之九

你知道铁道的标准轨距是多少吗？答：1435毫米。这个怪刁刁的距离从哪里弄来的？答：是英国马车的轮距（四英尺八英寸半），原始说法是来源于并列拉车的两匹马的屁股的宽度。马车文化在世上留下了难以抹去的痕迹，尽管马车已经被汽车、火车等取代。

我平生第一次坐马车，是1948年春在重庆牛角沱。我这个乡坝头娃娃好想上重庆城去耍。1947年春进城去耍过一回，"潮病[①]打发了"，进城愿望更强烈了。我经常扭倒我父母闹，1948年春才得到了第二次上重庆的机会。

老家大乡绅彭家的三小姐叫彭大进。打算把她家八妹转学到复旦中学，她便决定在寒假上重庆，请在复旦中学任教的我二哥帮忙。我母亲便把十岁的我交给了二十岁的彭三小姐，托她带我去二哥处。

我们到达牛角沱时已晚上九点多。去化龙桥的公共汽车收班了，幸好还有马车可坐。那时重庆的马车总站在化龙桥小桥边。全重庆只有两条线路，分别由化龙桥开往牛角沱或小龙坎，各四公里，行车不到半小时。我只记得解放初期的马车票价，两条线路都是八百元（旧币，当时能吃一碗半小面），和公交车同价。马车班次比公交车多，等客人满座就开，收班还晚，所以乘坐的人不少。当时公路上汽车少，会车危险也少，而且从未听说过重庆马车出过大事故。乘坐马车安全，还可观看一路好风景。

　　那时的马车是单匹马拉，六座。车厢设有前后两排座位，比今日轿车略宽，三人并排坐也不挤。前排正中是马车夫的座位。马车上有竹片撑帆布的可折叠的篷盖，雨天遮风挡雨，晴天敞篷观景。马车在碎石路面上奔跑，乘客并不感觉怎么颠簸，那是减震设计良好，坐垫也舒适。马车硬件不差。

　　车厢、车夫、马匹都很清洁。马车后面还悬挂着一个篮子，马匹途中拉屎了，车夫会停下车去捡马粪，收拾干净。车夫一路上不会和乘客搭白，专心驾车，职业素养良好。马匹洗刷干净，油光水滑的，鬃毛上用彩色的头绳扎成漂亮的小辫。马行上坡一步一点头，彩色小辫儿摇来晃去，有趣。马儿跑起来英姿潇洒，悦目。马颈子上挂了一长串亮晶晶的乒乓球大的响铃，似乎是专门材质打造，清脆响亮，声声入耳。后来，我一听见胡松华唱的那句"马铃儿响来玉鸟儿唱"，我就会想起旧重庆马车那脆生生的铃响。

　　那天我们下半夜就动身，旅途终日，深夜乘车，一上车我就睡着了。到站被唤醒，才发现我坐在后排中间，一直靠在彭三小姐身上。她怕我睡着后摔倒，还一直搂着我。彭三小姐是我们新妙镇镇花级大美女，我虽是十岁小孩也觉得挺不好意思，便伸直了身子低下了头。她温婉地说："老九，我和你二哥是好朋友。我知道，你和我们家老九也是好朋友。今后你就像我家老九一样叫我'三姐'。"

同年冬季，一个周日，我哥有事不能陪我进城，便把我交给他的两个高中学生。由他俩带我进城去看一场晚场好电影，好像是泰山系列片。电影散场后赶到牛角沱，公交车、马车都收班了，我们只得夜行五公里赶回学校。一路好乏，好乏！同行的一个高中男生，唱起了当时的流行歌曲，周璇唱的《知音何处寻》。只是他把歌词中的"天堂"改成了"马车"。

  我的梦想有一辆马车，
  伊人驾车送我回学堂。

原词：

  我的梦想有一个天堂，
  到处都是吹奏着笙簧。

由于渴望太深竟成了我一生的顽习。七十多年了，我会时不时莫名其妙地唱一句："我的梦想，有一辆马车。"好多次了，怪癖！不呵你！

马车

时间永是流逝，新物更替旧物。五十年代初期重庆的马车就渐渐被汽车取代。步行累人，速度又慢。汽车倒是快，但，据说我国每年因车祸死伤人数上十万。对不慢不快、安全舒适的马车，我总有那么点怀念。

你信不信将来会有人工智能机器马的马车？《三国演义》中诸葛亮就使用过木牛流马。将来的马车，智慧驾驶，舒服安全，还不错过一路好风景。

未来，我信。

2018年11月12日

注：

①潮病，重庆俚语，直接意思是缺少油荤，思念油荤的病态。"潮病打发了"，指思念某事物又实际经历过一次，惹发了更加思念的病态。

芭 蕉 飕 飕

桥洞

——旧重庆往事之十

当今中国,没有哪座城市敢来挑战重庆的"桥都"名号。据说,重庆全境有近万座桥梁。仅主城区,跨两江的公路大桥就有二十来座。

由于三山夹二水的特殊地形,重庆最值得称道的是一洞(隧道)连两桥。比如黄花园大桥和长江大桥由一洞相连,又如千厮门桥和东水门桥也由一洞相连,还有渝澳大桥和菜园坝大桥由八一隧道相连。这几组一洞连两桥的设计大大便捷了重庆交通,在全世界也不多见。

旧重庆同样是这个三山夹二水,却没有跨江的桥和众多的洞。唯有一号桥与和平隧道勉强可以说道说道。

民国的桥都不与江垂直(不跨江),只和江平行,即只沿着河岸走,只跨过流进嘉陵江、长江的一些小溪沟。旧重庆最有名的桥是可通行汽车的化龙桥,其次是不通汽车、行人较多的江北三洞桥和南岸海棠溪桥。还有一些既不通车、行人也不多的小桥，如，我初中同班好友费星如家旁边的步月桥，它位于土湾嘉陵江边。民国末任市长杨森下令登报讨论修建两江大桥，那也只是空了吹。唯独值得一聊的是一号桥。

重庆主城的半岛呈东西走向，二十年代的主政者决定沿东西方向修三条干道：沿长江的南区干道、沿嘉陵江的北区干道和贯通半岛中央的中干道。中干道修成后，成了主城区最繁华的地段。南区干道现名解放东路、解放西路，旧重庆叫林森路。东端在朝天门连上了中干道，西端通过南区马路在两路口连上了中干道。交通也还方便，沿途也较繁华，被百姓叫为下半城。唯北区干道仅在西端的上清寺连上了中干道，东端却始终没连上，成了一条断头路。

1949年秋，我二哥带我去富成路给一位家乡人带信。富成路在北区干道东端，不但看不见汽车，连黄包车也少，异常冷清，原因在于路断了头。北区路东端是一条深沟，沟对面是临江门山坡。绝对高度一百多米的上方矗立着宽仁医院（今重医附二院）。北区路东端计划修一座桥向上方连接临江门，取名叫一号桥，一号吧！

1949年，那时已修好了几座桥墩，高三十多米，全系连耳石垒成。桥墩底部长十米，宽五米，共垒了八十多层连耳石，在娃儿我的心目中也算高大巍峨。当时并无工程机械，全凭脚手架人工建成。正因为没有工程机械，始终没法架桥。让几个桥墩孤零零地立在那里两年，见证了旧重庆的落后与贫穷。直到新中国成立后的1952年5月，一号桥才架好通车。

芭蕉飕飕

修桥难，打洞修隧道也难。1947年，我在重庆第一次搭乘公共汽车从朝天门的过街楼去曾家岩。那时重庆主城只有这一条公交线路。车过通远门下的和平隧道时，我哥告诉我：和平隧道未通车前，公交车经胜利大厦（后名重庆宾馆）、七星岗去观音岩，一路上路窄弯多，常出交通事故。和平隧道通了，公交线路改经都邮街、较场口、和平路穿和平隧道通七星岗。线路较直，交通事故少多了。当时我觉得十多米长的和平隧道好了不起，"怎么能够打这么高大的洞子？！"我惊奇不已。近年，多次穿行过重庆众多的动辄就以公里计的长隧道，才知道儿童时我只晓得簸箕那么大个天。

　　其实旧重庆最有名的隧道另有两个。其一是山洞隧道，是成渝公路最险要的隘口，是重庆去成都的汽车必经之洞。重庆解放时，解放军计划在山洞生擒蒋介石，稍晚了几步。其二是十八梯大隧道，重庆历史上最悲惨的隧道。自1941年6月5日傍晚起，日机连续轰炸重庆，大隧道内躲空袭的难民经受了十来个小时的高温缺氧，活活捂死上万人！史称重庆大隧道惨案。

　　惨哉，我的家乡旧重庆！

　　悲哉，我的同胞旧重庆人！

2018年11月13日

桥洞

城中小溪

——旧重庆往事之十一

小溪人人爱。它或直或弯，或徐缓或湍急，或平坦如镜或浪花涟漪，或无音寨寨或有声淙淙，令人悦目、悦耳、悦心。

两水之间必有山，两山之间必有水。重庆城依山而建，无数的山峦间便有无数的小溪。重庆城还傍江而立，两条大江在呼唤小溪加盟，邀约小溪入伙。于是，依山傍江的重庆城内就有了其他城市没有的众多的城中小溪：董家溪、詹家溪、童家溪、黄沙溪、海棠溪、伏牛溪、野猫溪、溉澜溪、茄子溪、盘溪……

旧重庆的人，伴小溪而生。濯足洗衣，浇草淋菜，种花植柳，玩水饮水，置桥竖亭，牵手依偎，月下花前……重庆人都爱这些城中小溪，无论老少男女。

我从小就喜欢搞水，自然喜爱小溪。在老家喜欢邻近的羊石溪，在沙坪坝重庆一中念书，就喜欢离校不远的杨公桥清水溪。清水溪，溪水清清；围着一个半岛，半岛上，松林青青。

我们班级多次在溪旁岛上野餐、游戏。1953年3月6日，天气暴热，我约上几个同班同学跳进清水溪畅游。一洗冬天的晦气，好爽！好爽！

由于违犯了"不准私自下河游泳"的校规，又逢斯大林逝世举国哀悼，我们乖乖受了处罚。一条清水溪冲洗掉了我的甲等操行和优秀学生奖励。

我自知家庭出身不好，又没刻意"表现"，难免找到我的岔子取消对我的褒奖。我一点也不怪清水溪，对它的眷恋丝毫未减。读书越多，情趣越增。中学六年不时捧着书本去溪边流连。三四十年后，我眼看清水溪变成了臭水沟，焦虑无奈。五六十年后，我居然寻觅不到清水溪了。它被盖上了面板，建房盖屋，我们的城市向小溪索要土地了。

不只是清水溪。我因故去了海棠溪，当年涨水时宽二三十米的海棠溪也消失了。豪华耀眼的几条滨江路的周边开发，吞噬了我们城市的无数条小溪。

2006年初夏，重庆天降罕见的暴雨。南山一带雨水汇成山洪狂奔下冲，原本可以通过众多小溪畅通无阻地泻入长江。无奈众溪沟已经被盖上，成了建高楼留下的一些排污下水道。山水倾泻不畅就涌上街面。依山而建的百年老街居然遭受从未遭受过水漫新街的劫难。这是一场历史的笑话，以至于手机上出现了"男被淹（阉），女被泡"的段子。

2005年10月，我以副团长身份，与黄孟复团长率中国华商代表团去韩国首尔出席第八届世界华商大会。路过首尔城中的河流清溪川时，导游告诉我们："清溪川曾经被盖起来在上面建房，前任市长李明博把盖子揭了，淘河、修岸、植树，才有了今天的自然，今天的美丽。"

  遥想当年，每逢下雨，从主城眺望南山一脉，无数条瀑布小溪从山上飞流直下，白练林间舞，青山绿油油，蔚然一大景观，令人驻足流连。而今，房屋快建至半山，无尽的水泥森林吞噬了我们记忆中的小溪。

  小溪复大溪，何日是归期？

2018 年 11 月 14 日

标准钟

——旧重庆往事之十二

"一公吨等不等于两吨?"几个同事争论不休,来找我裁决。无规矩不成方圆,无标准世界乱套。标准如影随形,不管我们年长或是年幼。

来问我公吨问题发生在1967年"文革"武斗期间。我已三十而立,由于好学,我在工厂和车间有"智多星"的无形地位。我们工厂和重庆市大多数工厂一样停产了。少数人根本不去上班,多数人还是来车间待待。有的做私活,有的打堆堆摆龙门阵。被孤立的我乐得躲在我的镗床角角看书,看各种各样的书。

"不等于,"我回答,"一公吨就是平常说的一吨,1000公斤。"

"一公斤等于两斤,一公尺等于三尺。一公吨怎么会只等于一吨?那个'公'字是干什么的?"一个姓张的技术员不满我的答案。

"那是因为国际流行的标准有三种'吨',一叫长吨,1016

公斤；二叫短吨，907.2公斤；三叫公吨，1000公斤，公吨通常简称为吨。但在贸易合同或正式新闻中用公吨显得标准，更为准确。"

十岁前，我念小学时，因家有座自鸣钟，上学不会迟到。有一天，我到校时教室门刚刚关了，我还在门外被罚站了几分钟。先生说是我家的钟走得不标准，慢了。

"十钟九不一，"祖护儿子的我母亲说，"到底是哪个不标准呀！你们先生真是少见多怪"。那个时候我们老家真找不到可以对时的标准钟。我父亲随和一笑，说："'官大表准'嘛。学校，当然是先生的表准啰。"

我父亲还是有点原则的，每当我二哥从重庆回到家来，父亲就要说："老二，帮家里对对钟。"

1947年，我第一次随二哥来到重庆。次日，他就带我进城。我们顺着民族路向上走，不远就到了小什字，民族路和打铜街交叉的十字路口。那时候，小什字是仅次于"精神堡垒"（今解放碑）的繁华街道。重庆的银行群，四大可印钞票的国有银行——中央、中国、交通和农民，众多的地方银行——川盐、美丰、聚兴诚等，都集中在小什字附近。十字路口中央，竖立着一个约三米高的铁架，架上立着一座一米多见方、两米来高的大方钟。方钟呈墨绿色，它的四个表面都有时钟显示，面朝四个路口。我哥从大衣内袋里掏出怀表来和它对时。我看见或站或走的一些路人也在对表。我哥告诉我："这叫标准钟，是瑞士送给我国的。"标准钟那时在重庆名气好大，你对黄包车夫说"去标准钟"，绝对不会出错。

芭 蕉 飕 飕

据说那是瑞士支援中国抗战而赠送的,也代表瑞士对日本法西斯的蔑视。当局把它选立在陪都,选立在人流密集的小什字,是在向人们昭示我们并不孤立。在日寇飞机狂轰滥炸重庆城那么长久、那么频繁的日子里,标准钟始终屹立不倒,给重庆市民一种"中国不会亡"的象征。瑞士钟表的精准世界有名,重庆人就给了它一个"标准钟"的雅号。标准钟的标准性由我哥的怀表,传递到百里之外的我家座钟,传递到没有钟表常来我家问时间的众亲友。旧重庆乡下,只有极少数略通天文的"阴阳师傅"(我们老家对风水师的称谓)可以通过日晷来定时间。普通乡民日出而作,日入而息,太阳就是他们的标准钟。

"刚才最后一响是北京时间十点整。"解放后,有了中央人民广播电台报时这个新事物,成了人们新的标准钟,也大力普及了标准化。正是通过无数个这类新生事物,新中国很快就在我们少年儿童心目中树立了新标准。

2018 年 11 月 17 日

解放了!

——旧重庆往事之十三

1949年11月下旬,解放军逼近重庆了。我在重庆南岸西南中学念初一,在学校也听得见远郊解放军的炮声。学校也停了课,大部分师生回家去了。二十六七号吧,凌晨一声震天巨响!后来才知道是21兵工厂(今长安机器厂)在刘家岩的白药库爆炸了。一时间流言满天飞,人心不安,说什么国民党特务在许多地下防空洞里埋了炸药。解放军到来时国民党要炸电厂,炸水厂,甚至把整个重庆城炸上天。由于地下党工作扎实,重庆城临解放只有这一次爆炸,没有断电断水。

11月28日上午,一队内二警(内政部第二警察总队)开进了学校。内二警装备优于一般警察,普通警员都穿呢子警装,武器也多是自动连发的。他们在学校的一个山丘上挖了七八个单人战壕,拿着机枪冲锋枪卧进战壕比画,从战壕里起身还把身上的泥土拍了又拍,一副吊儿郎当的样子。我们不少学生在一旁看热闹，他们也不赶我们。我想，解放军从东北打到西南，势如破竹，你这几个猴猴哪里抵挡得住！入夜，枪炮声密集了，据说是南泉、老厂那边打起来了。我没听见周围有人说害怕，我也不害怕，每个人心里都明白，国民党大势已去。

那天晚上，留校师生，包括我和我二哥（教师）都躲进了防空洞防流弹。学校把抗日战争时挖的一座旧防空洞清理出来。洞内准备了食品、饮水、煤油灯、手电筒等应急物资。洞里几十人大都一夜未眠，我还未满十二岁，瞌睡大，在远处炮声中靠在我二哥身上睡着了。

天麻麻亮时，负责巡夜的校工进洞来说，解放军已到学校操场了。我一听便飞快向操场跑去。一边跑我一边想，那一队内二警一枪未发就逃了吧？到了操场，但见百来名解放军或站或坐，个个身着油绿色军装，胸前佩着中国人民解放军字样的布质胸章。人人都头戴钢盔，盔上缀有内写"八一"两字的五角星。背上都背着一个铺盖卷，整齐紧扎。背挎的枪支锃亮锃亮。从衣着看，分不出官兵。一夜行军之后军人们脸上也并无倦意，赳赳昂昂。我甚至认为他们是从天而降的天兵天将。解放大重庆了．解放军也个个喜气洋洋。对围着他们的中学生，解放军十分友善，乐意回答大家和我的每一个提问：他们属第四野战军，司令员是林彪。"八一"是中国人民解放军的建军节，这是冲锋枪，那是轻机枪，等等。不久，学校厨房向操场送来了早饭。分成好几堆，放在操场上，每堆四个面盆盛菜和一桶汤，可供十几名战士食用。一军官模样的人把四盆菜都倒进汤桶里，用瓢搅匀。给手执盅盅排队前来的战士一人添一瓢，有肉有菜有

解放了！

汤。我心想，真是行动干练，领军有方！那军官执意把一叠人民币塞给学校总务处主任。他们宣传说解放军有三大纪律八项注意，不拿老百姓一针一线。我们第一次听见看见这些，好新鲜！11月30日，城里举行了解放军入城仪式，数以万计的群众夹道欢迎。重庆解放了。

接下来的一个月是自由奔放载歌载舞庆祝解放的狂欢节！也是我一生最轻松，最奔放的狂欢节！学生们纷纷回校，但都不上课，天天学唱歌，扭秧歌，跳集体舞。《三大纪律八项注意》《解放区呀好地方》《解放区的天》《团结就是力量》《你是灯塔》《大西南呀好风光》等歌声响彻云天。师生们兴奋、欢畅到处洋溢着世道变了的欢乐气氛。

解放区呀好地方，
一片稻田黄又黄。
大家唱歌来耕地呀，
万担谷子堆满仓。
大鲤鱼呀满池塘，
织青布呀做衣裳，
年年不会闹饥荒。

解放区呀好地方，
穷人富人都一样。
你要吃饭得做工呀，
没人为你做牛羊。

芭 蕉 飕 飕

老百姓呀管村庄,
讲民主呀爱地方,
大家快活喜洋洋。

人,生而有自由平等的向往,锐敏的青少年们更甚。我看见过我家隔壁穷人孩子潘连吉饿得用黄桷苞充饥被闹(毒)倒,看见过穷人被逼债喝尿,还亲手填写过"国大代表"的荒唐的选票。今天高唱着"年年不会闹饥荒","没人为你做牛羊","讲民主爱地方",这不就是我们理想的新社会?当时唱得最多,印象最深的是《走,跟着毛泽东走!》:

走,跟着毛泽东走!
走,跟着毛泽东走!
我们要的是民族的独立,
不能给美帝当洋奴。
我们要的是生存和自由,
不能把生命当粪土。
……
走走走,跟着毛泽东走!
消灭反动派建立新中国,
独立民主自由幸福的前程,
就在我们的前头!

我们大多数青年学生都被这首歌曲感染从而认识毛泽东,

解放了!

敬仰毛泽东。打小以来，没有哪位政府领袖向我们承诺过独立民主自由幸福，共产党这么公开地大肆宣传承诺，令我们喜出望外。

当时新歌曲丰富多彩，旋律开朗、向上，和民国的流行歌曲差别极大，内容曲调都很吸引我们学生。比如歌颂农民分到财产的翻身喜悦的《三套黄牛一套马》。

……
往年，这个车呀，
咱穷人，那配用。
今年，呀嘿，
大轱辘车呀，
咕噜咕噜转呀，
转呀，转呀，
转到了咱们家。

又如新奇的陕北民歌：

骑白马，扛洋枪，
三哥哥吃的解放军的粮。
心想回家看姑娘
呀嘛嘿嘿，
打蒋匪来跟不上。

芭蕉飕飕

学校组织了好多啦啦队，我加入了我校最活跃的"横起冲"啦啦队。我凭着自己的小聪明，能转瞬间编出许多啦啦词，成了队里的骨干。那时候，各校学生互相串联，去别的学校广场唱歌跳舞，主人们也来陪唱陪舞，之后主人还管饭。有一天，全南岸的中学生都集中到黄桷垭山上的广益中学联欢。学生们载歌载舞，万众欢腾，庆祝重庆的解放。

我哥和啦啦队队员都夸我扭秧歌舞姿奔放，跳集体舞舞姿美妙。那时我学唱歌，跳舞都很积极。在那种狂欢浪潮里，我想不积极都由不得自己。歌声嘹亮，舞姿舒展，因为我心解放了，身也解放了。

解放初期实行军事管制，重庆市军管会的主任记得是陈锡联。少数重要的工厂、机关、学校派有军代表。大多数学校，街道初期也没派，我们西南中学也没派来。纵然军代表不多，世道真的变了。广大群众很快就有了"解放了"的意识。解放军纪律严明，秋毫无犯，不拿老百姓一针一线。不再是"秀才遇到兵，有理说不清"。人民群众最受益的是物价稳定，钞票稳定。1948，49年苦了中国老百姓，物价飞涨，货币狂贬。法币，金圆券，银圆券，硬币，以物易物轮番登场。连我这个十来岁的小孩都认得多种银圆：如，（清朝）龙板、（袁）大头闭眼、大头睁眼、小头（孙中山像）帆船、（墨西哥）鹰洋等。人民政府的人民币不贬值，有信用，很快就替代了银圆。有奸商囤积粮棉，哄抬物价。人民政府组织大量的大米、棉纱平价销售，稳定了物价。社会治安出奇地好，解放军打败了几百万蒋军，吓得偷儿，摸包贼（扒手）、拐子（骗子）、飞机（流氓）、拖神（拖

解放了！

念三声，拖神，二流子）等不敢露头。贩毒卖淫等不法行为也很快得到整治。

民国时期不对人民群众开放的一些地方现在都开放。闭门数年的罗汉寺开放了，从未开放过的精神堡垒（抗战胜利纪功碑，后改称解放碑）也开放了。

罗汉寺是我老家普陀寺的上院，重庆市的顶级大庙宇，一直想去拜谒。之前二哥告诉我，罗汉寺以塑有五百阿罗汉而著名，抗战时期被日本飞机炸毁了，战后四年一直在闭门重塑。解放了，五百罗汉刚泥塑好但还未穿金。新政权敞开山门任人参观，我也去了。那天没人焚香祭拜，拉近了群众和这些罗汉神的距离。五百罗汉善恶喜怒，神态个个不同，令我大为惊叹！泥塑而未穿金的罗汉似乎更平民化，更贴近我们大众，仿佛菩萨也知道我们解放了。

参观精神堡垒要排长队，重庆人都景仰它对它也充满了好奇，我去了。大家有秩序地走进精神堡垒。堡垒内部是螺旋形楼梯。很窄，一上一下两行人勉强擦身通过。一百多级吧。走到顶部四下瞭望，好高一座纪功碑！好大一座重庆城！平头百姓也可来此堡垒登顶远望，不由人想到"我们是城市的主人了！我们解放了！"

1949年11月30日，是重庆解放纪念日。旧重庆解放了！

2019 年元月 10 日

芭蕉飕飕

后 记

本书内容说不上都好，文笔说不上都美，所以笔者不奢望有人从头到尾读完本书。你能浏览三五篇我就欣慰了。

笔者一生跌宕起伏，世不多见。12岁法场监斩，13岁当小贩养活自己、养活老娘，14岁读书时冬天也打赤脚，阶下囚、座上客都做过。这些奇特的经历惹你一诧，能给你留下些微的印象？笔者有些见解，如电影院里才不讲阶级斗争，专注且无碍他人就是修行，减疼去痛比救死扶伤还重要，呼唤安乐死等等，这些异常的见解逗你一笑，不知你以为然否？

民营企业主没有什么退休年限，我快到八十岁了才卸下实职，才有了点空闲时间读书写作。没有目的，没有计划，两三年里竟涂写了两百多篇随笔。从中选了几十篇出来集成了本书。

随来之念，随想之事，随手之笔，登不得大雅之堂。能被煌煌三联书店出版，实出意料，感激不尽！能有幸落入雅雅读者之慧眼，谨拱手致谢！

尹明善

2020年4月23日于世界读书日